BUEN VIAJE ITZANAMI

SEGUNDA EDICIÓN

Sandra A. García-Betancourt

Buen Viaje Itzanami
Novela
Segunda Edición
(Revisada)
Prólogo de Daniel Torres

ISBN: 9798663239899

©Sandra A. Garcia Betancourt, 2020
©Primera Edición, 2018

Todos los derechos reservados.
Ciudad de Nueva York, 2020

RECORDANDO A TATA

Llevadme, por piedad, adonde el vértigo con la razón me arranque la memoria...
— Gustavo Adolfo Bécquer

AGRADECIMIENTOS

Un millón de gracias Alba Marrero, Alicia Perdomo, Cecilia y Mariana Gastón, Gonzalo Aburto, Gustavo Carvajal, Orlando Gil, Ruby Norfolk, Nancy Noguera y Daniel Torres por tanta generosidad.

PRÓLOGO

Sandra A. García-Betancourt es una escritora dominicano-puertorriqueña que vive en Nueva York y es la antigua Directora Ejecutiva y CEO fundadora de Northern Manhattan Arts Alliance (NoMAA). Más recientemente, García-Betancourt ocupó el cargo de Directora Interina del Museo de Arte y Narración de Cuentos para Niños Sugar Hill, Harlem, Nueva York, y como Gerente General Interina de "Voces de la Historia de los Pueblos de los Estados Unidos", una organizacion de arte, educación y justicia social dedicada a la creación de programas artísticos y educativos que dan vida a la historia extraordinaria de las personas comunes y corrientes que crearon el movimiento por la justicia social en los Estados Unidos. Sandra es licenciada por el Union Institute University, Vermont College, y tiene una Maestría en Escritura Creativa en español de la Universidad de Nueva York. Ha publicado poesía, narrativa y ha sido antologada en varias antologías (*Breaking Ground, Revista Asturiana, Amanecida*).

Buen viaje Itzanami (2018) es su primera novela. Esta novela corta aborda los recuerdos, la nostalgia, la memoria, lo espiritual de varios personajes, entre ellos dos mujeres y un hombre: Tomasita, Carmencita, Don Nacho, el señor del sombrero panamá. En el espacio diaspórico del Brooklyn de los años 90, una mujer inmigrante octogenaria de Yucatán, y una enfermera cuarentona Latinx-caribeña, de ascendencia puertorriqueña, que la cuida, establecen una amistad íntima basada en la necesidad de contar sus vidas, de recordar y atar cabos del pasado, tanto en lo real como en lo imaginario. Se da un contrapunto entre las vivencias de Tomasita y el yo de Carmencita que narra los hechos de la vida de la primera en relación con lo que experimenta la segunda. Es una relación especular en la que estas dos mujeres se unen a través del espejo de la memoria. Una le cuenta a la otra sus experiencias y la que escucha reflexiona sobre sus mismas circunstancias salvando las distancias espacio-temporales del Caribe mexicano (Yucatán), la ciudad de Nueva York (Brooklyn) y la isla de Puerto Rico. La vejez de una (Tomasita) encuentra ecos en la juventud de la otra (Carmencita), y juntas construyen un periplo narrativo que les sirve para compartir sus vivencias, ansiedades y miedos a través de la Historia oficial y la intrahistoria (la vida tradicional que sirve de decorado a la historia más visible) de cada una: sus relaciones amorosas y sus respectivos lugares en el mundo como dos mujeres latinoamericanas viviendo en los Estados Unidos. La experiencia de la diáspora o el exilio marca todo el discurso narrativo. Desde dónde narra Carmencita la historia de Tomasita es tan importante como lo que narra.

Tomasita ha sobrevivido el abuso, el trabajo doméstico, el desamor y ahora espera morir en paz. Carmencita se convierte en un acicate para ella al contarle a Tomasita su vida accidentada y, a la vez, Carmencita se hace la depositaria de ese legado que Tomasita trae desde su natal Yucatán. El señor del sombrero panamá que aparece al inicio de la novela, Nacho, es una vuelta al pasado de Tomasita cuando él le dice en el reencuentro: "Han pasado tantas cosas.... He viajado, peleado en guerras, me enamoré un montón de veces, enterré a dos esposas y a casi todos mis hijos y aquí estoy, frente a ti como aquella vez en Veracruz cuando ibas de camino a México por primera vez". Así, después del encuentro fortuito en un parque de Brooklyn con él, Tomasita procede eventualmente a contarle su vida a Carmencita, quien se lo pide directamente: "-¡Cuénteme!", aunque primero se da una tregua porque está cansada: "-Un día de estos, Carmen. Ahora vámonos porque estoy agotadísima", marcando una pausa suspensiva en el relato.

Una de las virtudes de este libro es cómo se puede utilizar para adquisición lingüística en las clases de español para extranjeros, tanto en cursos de lengua, literatura como de civilización y cultura latinoamericanas, para mostrar de cerca la experiencia Latinx en los Estados Unidos. El telón de fondo histórico de la Revolución Mexicana, la cultura maya yucateca, sus dioses y mitos, la polarización de las clases sociales latinoamericanas en las familias adineradas vista desde la perspectiva de una empleada doméstica con visos de lo real maravilloso, y lo espiritual, hacen de esta novela corta un texto ameno y accesible para estudiantes que leen literatura en español por primera vez. A la vez, aprenden de historia, lengua, cultura y acerca de la posición de la mujer en los países de nuestra América.

Los quince capítulos cortos son una progresión de las historias de Tomasita y Carmencita contadas a través de la nostalgia, la muerte, la despedida y el desplazamiento de dos mujeres que se encuentran equidistantes una de la otra en edad, posición social y educación. Sin embargo, Carmencita se convierte en la narradora perfecta que cuenta los bemoles de las vivencias de Tomasita dándole voz a quien no la ha tenido y, desde esta condición subalterna, la presenta tal y como ella misma cuenta lo que le pasó. En un lenguaje poético, sencillo, ameno y literario, Sandra A. García-Betancourt nos presenta una pequeña joya narrativa en la que reflexiona sobre las relaciones afectivas de dos mujeres que se encuentran para que una cuente la vida de la otra y en ese proceso se conozcan a sí mismas. Los epígrafes de la novela y de varios capítulos, de los poetas Gustavo Adolfo Bécquer, Antonio Machado, y de los cantantes Silvio Rodríguez y Mercedes Sosa le toman el pulso a la educación sentimental que narra Tomasita para que Carmencita aprenda de aquello que es fundamental en las relaciones humanas hasta llegar a un momento final de paz absoluta. Un poema de Sandra A. García-Betancourt sobre la mariposa resume muy bien su intención al escribir *Buen viaje Itzanami* y contarnos la historia de mujeres olvidadas como Tomasita: "But at moments,/ she disappeared/ among the new born trees,/ flickering her wings/ in content/ and like a trickster/ coquettishly played/ over somebody's else's head/ and made me fear my own death".

Daniel Torres

Ohio University

QUIERO CONTARTE ALGO

Son pocas las personas que he conocido que no pierden las medias cuando las meten a la lavadora o a la secadora. Tomasita y yo compartimos eso, además de que las dos nos dedicamos a servir a los demás de una manera u otra. Lo de las medias es para reírse, aunque a veces me fastidia porque me duran demasiado y como no se me pierden ni las boto, termino con una colección de medias descosidas y descoloridas que sustituyo solamente cuando se les hace un agujero. A Tomasa no le gustaba comprar nada. Vestía con los pantalones y las camisas que heredaba de los niños o niñas que criaba y que cuidaba, y como era tan pequeñita, tan delgadita, todo le ajustaba. A veces parecía una joven muy chic y otras un chico travieso con los jeans desgastados y desteñidos y camisas vaqueras de cuadros azules. Siempre llevaba puestos unos zarcillos que hacían juego con una escueta pulserita de oro y la cadenita con la medalla de la Virgen de Regla que no se quitaba jamás. Para eventos especiales se ponía un collar de perlas y una camisa de seda con unos pantalones de lino o de poliéster, pero nunca la vi con un vestido, ni siquiera las pocas veces que fue a misa. Tenía una cabellera abundante, casi toda blanca, siempre bien recortada y peinada.

La conocí en la casa de una doctora con quien trabajé cuidando gente mayor en un hospital de Brooklyn, aunque al principio no conversamos mucho. Un día, cuando iba a visitar a una viejita que yo cuidaba por Prospect Avenue, la vi en el jardín de la casa de Emilia, una de las *niñas* que ella había criado. Tomasita estaba lavando una mata de sábila y cuando me vio se alegró mucho.

—A las plantas hay que bañarlas, cantarles y conversar con ellas, Carmencita, porque la indiferencia las deja sin vida.

Mientras bañaba la sábila le cantaba una melodía en maya

yucateco que no entendí. Había sacado la planta de un tiesto grande de barro y trasplantaba los hijos en macetas más pequeñas. Después de lavarla por tercera vez la replantó en el jarrón grande. Cuando terminó me invitó a entrar en la casa. En la cocina y me preparó un café claro y para ella se sirvió un té de yerbabuena. Nos sentamos frente a las grandes ventanas del comedor que daban al patio. A Emilia, con quien Tomasa vivía dos semanas al mes, le gustaban mucho las plantas y tenía a un lado de las ventanas una palma alta de pencas enormes y al otro lado una robusta mata de orquídeas que ella alimentaba con bananas. La casa era agradable y llena de luz.

Tomasita me contó que últimamente le daba miedo caminar y que por más que los médicos le aseguraran que no tenía nada, que solo eran los achaques de la edad, a veces le daba terror dar un paso y terminaba por subir las escaleras gateando.

– Sé que eso está en mi mente, pero no lo puedo controlar. No es miedo a caerme, es otro miedo que no te puedo explicar. Es psicológico.

– Hace un tiempo a mí me pasó lo mismo Tomasita, y eventualmente se me fue quitando la ansiedad. Quizás un psicoterapeuta...

– ¡No, eso no! ¿Crees en el espiritismo?

Le respondí que sí con toda honestidad, entonces me dijo que quería contarme algo.

LA VIRGEN DE REGLA

Y todo en la memoria se perdía

Como una pompa de jabón al viento...

– Antonio Machado

La espalda recta, el cuello erguido, respira profundo y pausadamente. Concéntrate bien en la levedad de tu organismo a la vez que mides la fortaleza que tienes. Deja que el cuerpo flote ondulante en el vacío, el cuello erguido, balancéate y respira calmadamente, sin mucho esfuerzo, pero con exactitud. Mantén la espalda siempre recta...respira, concéntrate en la armonía de tu respiración y de tus movimientos. Levanta los brazos con delicadeza y precisión...concéntrate, respira, concilia el ying y el yang. Balancéate, respira, respira, muévete y concéntrate, la cabeza erguida...la espalda recta...medita y desplázate suavemente, pero con los pies firmes en la grama. Respira, armoniza el ying y el yang. Concéntrate en la respiración...

Tomasa se movía siguiendo las instrucciones de la maestra de Tai-Chi como si no tuviera ningún padecimiento. Mientras tanto yo cuidaba su andador y leía la revista "Latina" sentada en un banco del parque tomándome un café con leche. De vez en cuando levantaba la vista para observarla. Hacía sus movimientos con tanta precisión y hermosura que era impresionante, especialmente porque tan pronto terminaba la sesión, yo tenía que correr con el andador para que Tomasa pudiera apoyarse y caminar sobre el asfalto. Cuando ella llegaba al parque en las mañanas y se paraba sobre la grama, se le olvidaban las dolencias y el miedo a caminar.

Respira. Estira los brazos. Levanta la pierna derecha con suavidad y precisión. Concéntrate con la cabeza erguida y la espalda recta. Regresa el pie al suelo. Pisa firme, pero delicadamente. Concéntrate en tu fuerza natural. Respira. Usa sólo cuatro onzas de tu fuerza. Inhala y exhala calmadamente y manteniendo la concentración con el cuello erguido y la espalda recta...

"¡Qué calor!", me dije entre dientes después de mirar al cielo y a la gente en los bancos vecinos. Algunos leían, conversaban o simplemente miraban a lo lejos, hacia la fila de altísimos árboles de magnolia, de roble y arces que se alineaban en perfecta armonía. No se movía ni una hoja en Prospect Park. La fila de árboles no permitía que se viera la avenida que rodeaba el parque. Se podían ver algunos vecinos trotando sobre la alfombra de hierba verde recién podada, otros paseaban a sus perritos o a sus niños, mientras algunos hacían ejercicios o jugaban al fútbol. Por el carril de las bicicletas corrían viejos y jóvenes empeñados en completar sus millas diarias, antes de irse a trabajar o a la escuela, o a lo que fuera.

A mi izquierda estaban sentados un hombre mayor y una *joven acompa*ñante. Él vestía todo de blanco con una guayabera de manga larga. Llevaba un sombrero de panamá. Era moreno. Tenía lentes oscuros y un bastón de madera barnizado sobre el que cruzaba sus manos. Estaba sentado con la espalda recta y miraba hacia los árboles sin mover la cabeza de lado a lado como yo, que no quería perderme lo que pasaba a mi alrededor. Parecía meditar. Quizás pensaba en los tiempos de antaño, en su familia, quién sabe en que pensaba. Su porte elegante lo complementaba la manera impecable de vestir. Emitía un perfume agradable mezcla de cedro, tabaco y vainilla. Lo observé por un ratito y me di cuenta que la acompañante era una enfermera porque tenía una insignia con su nombre y el emblema de Madona House, una casa de ancianos de la zona. Ella tenía una bolsa de donde sacaba los hilos con los que tejía sin hablar con él y apenas levantaba la vista cuando escuchaba gritar a los chicos. Los miré y volví a mi revista, a la columna de *Preguntale a Lola*, donde la consejera respondía a preguntas impertinentes sobre amores conflictivos, sexo y cosas aún más complicadas. Siempre leo esa sección, aunque de jovencita no tengo mucho. Los consejos de Lola me ayudaban con mi hija, que me traía loca con cada novio irresponsable. Ya es madre de una nenita y sigue enamorándose al garete. No sabía qué hacer y los consejos de Lola me ayudan a entender a mi hija.

Me metí de lleno en la lectura mientras Tomasita se concentraba en su Taichí Chuan junto a otras cinco personas que lunes y viernes, a las siete de la mañana, se reunían en el parque a practicarlo. Le hacía mucho bien a la viejita. Se llenaba de energía y el resto del día lucía y se sentía reanimada. Por lo menos dos días a la semana se podía parar sobre sus pies sin tambalearse.

Eran las siete y estaba calentando el día. El parque era un paraíso simétrico, totalmente equilibrado. Oíamos el canto de los pájaros. La gente disfrutaba. Yo leía y tomaba café. El señor del panamá miraba lejos sumergido en sus memorias y su enfermera tejía. Tomasa meditaba mientras se movía liviana y feliz balanceando su cuerpo sin mucho esfuerzo, pero con precisión. Entonces, de repente, respondiendo a su instructora, cambió de posición y la medalla de la virgen que colgaba de la cadenita en su cuello resplandeció como un relámpago en noche de tormenta. Cuando ella se movía, la medalla enviaba señales en clave disparando rayos a los que se atrevieran a mirarla fijamente. Brillaba tanto que hasta el señor del panamá viró la cabeza con curiosidad para apreciar el destello en el cuello de Tomasa. La carita pequeña y enjuta de su portadora no se podía distinguir por el resplandor. Su cuerpo entero parecía una vela eléctrica. Tomasita irradiaba y parecía un angelito sin aureola ni alas, como los de las películas modernas que llegan rodeados de una intensa e insoportable iluminación. El lunes anterior no había sucedido nada parecido. Pensé que era un día muy caluroso, pero reparé en que el señor del panamá cesó de mirar y de recorrer sus memorias para dedicarse, con una sonrisa discreta, a seguir los movimientos de la gimnasta. Como si le hubiesen enviado una señal, fijó sus espejuelos ahumados culo de botella en el resplandor de Tomasa. Seguí la mirada del hombre hasta la medallita de Tomasa y volví hacia él siguiendo la dirección de la luz que ésta emitía.

Ella continuó con su meditación en movimiento. Levantaba la pierna derecha y luego, plantándola en el suelo, levantaba la izquierda. Rotaba las caderas dibujando un círculo con los brazos estirados hacia el frente. Respiraba profunda y suavemente con los ojos cerrados. Cuando se volteaba para situarse en una nueva posición mirando hacia occidente, el sol no le rebotaba en la medalla y su cara volvía a aparecer enmarcada en su frondosa cabellera gris.

Tomasa estaba vestida con un jersey blanco de escote redondo y un pantalón de poliéster azul claro. Su piel morena resaltaba con los colores de Yemayá. Se veía bonita la Tomasa. Para terminar la sesión la maestra instruyó a los participantes a levantar los brazos al cielo y dejarlos caer exhalando y relajando todos los músculos. Lo hicieron diez veces y luego se doblaron hasta tocarse la punta de los dedos de los pies. Después abrieron los brazos y exhalaron. Para entonces, yo esperaba a Tomasa con las muletas. Vi que el señor del sombrero la miraba y que ella lo miro a él. Entonces las rodillas le flaquearon a Tomasa y las manos le empezaron a temblar. Se puso nerviosa, pero sus pies seguían firmes, uno sobre la hierba y otro sobre el asfalto.

—Aquí estoy Tomasa.

—Ya te vi Carmencita.

Se agarró del andador y empezó a caminar. Con una mano se estiró el cabello como si lo tuviera despeinado y luego se arregló la blusa, planchándole unas arrugas imaginarias. Se detuvo y miró otra vez al señor de los lentes oscuros. Tomasa caviló por unos segundos. Se llevó la mano al cuello y sostuvo la virgencita entre los dedos.

— ¡Ay, madre de Dios, no puede ser!, dijo con voz entrecortada.

Le pregunté qué le pasaba y me respondió que la siguiera. Fue hacia el hombre del panamá. Él se apoyó con ambas manos del bastón y haciendo un gran esfuerzo se puso de pie.

—¿Qué le pasa señor? - preguntó la enfermera del viejo dejando a un lado sus agujas de tejer.

—Deja, no te preocupes, niña - respondió él sacudiéndose la guayabera con una mano como si estuviera cubierta de polvo.

Entonces Tomasa se le acercó y él la esperó moviendo la cabeza de lado a lado incrédulo. Su enfermera y yo nos miramos sorprendidas. Tomasa se plantó frente a él para mirarlo bien. Él se quitó el sombrero y dejó escapar una espléndida carcajada.

—¿Es usted Nacho? - preguntó ella con asombro, mirándolo con los ojos bien abiertos como si estuviera frente a una aparición.

—¿No te dije que nos volveríamos a ver?

Ella levantó ambos brazos en un gesto confuso como si quisiera abrazarlo, pero controlando su turbación simplemente le dio unas tímidas palmaditas en el brazo. Él le puso una mano en el hombro y ella no la escabulló.

—¡No has cambiado nada!

—¡Qué va a ser! Ha llovido mucho.

—¿Me lo dices o me lo preguntas?

—Usted sí que es el mismo. Con la misma sonrisa, la misma alegría de aquellos tiempos.

—¡Qué va, Tomasita! ¡Ya quisiera yo! Pero miénteme por piedad yo te lo pido, miénteme más, que eso me hace feliz...

Se echaron a reír y él la invito a sentarse a su lado.

—Usted debió dedicarse a adivinarle el futuro a la gente, mire no más dizque encontrarnos aquí después de tantos años, dijo Tomasita emocionada.

Ni la enfermera ni yo sabíamos qué hacer. Decidimos dejarlos en el banco y nos sentamos juntas en el de al lado, y empezamos a hablar sobre milagros, espíritus, apariciones y casualidades.

—¡Estoy sorprendido! Ya casi me daba por vencido, aunque te juro que pocas son las cosas que han ocurrido en mi vida que yo no hubiera augurado. Han pasado tantas cosas... He viajado, peleado en guerras, me enamoré un montón de veces, enterré a dos esposas y a casi todos mis hijos y aquí estoy, frente a ti como aquella vez en Veracruz cuando ibas de camino a México por primera vez.

—¡Nacho, yo siento que me muero! ¡Esto es increíble! ¿Y cómo me reconoció?

—Fíjate, la verdad es que ni siquiera me di cuenta que estabas en el grupo de Taichí hasta que el resplandor de la medallita de la virgen me pegó en la cara. Cada vez que te movías era como si me mandaras un aviso. Tu luz me llamó mucho la atención. Así fue que me di cuenta.

—Pero si ni siquiera me parezco, no soy nada de lo que fui hace tantos años.

—Pero todavía tienes algo... Tan pronto te pude ver entre los rayos resplandecientes supe que eras tú. ¿Y quien otra podría haber sido con la Virgen de Regla que te regale colgándole del cuello? ¿O es que se te olvidó?

—Como lo voy a olvidar si esta medalla es lo único que me queda de aquellos días... y un poquito de memoria que ya está bastante enredada. Todo lo demás se quedó atrás, en alguna ciudad o en algún vaivén.

—Yo recuerdo muchas cosas todavía. Los años me han pegado en los huesos, por eso uso este bastón y ya no puedo bailar mucho- dijo soltando una carcajada.

—No crea, no ha cambiado tanto, con su sombrero y su guayabera se ve igual que cuando lo conocí.

—Menos mal, Tomasita. Todavía me queda algo que me distinga en mi vejez, en el umbral de mi muerte.

—Ni se le ocurra morirse ahora que nos acabamos de encontrar. Tenemos mucho de qué hablar. ¿Y como le fue con la música? ¿Se hizo famoso como quería?, preguntó ella riéndose.

—No me hice famoso, pero llegué a tocar con grupos pequeños en las cantinas del puerto de Veracruz, y más tarde en fiestas de barrio allá en Santiago de Cuba, a donde regresé un par de años después de conocerte. Oye, ¿y a ti cómo te fue en México? ¿Te casaste...cuantos hijos tuviste? ¡Cuéntamelo todo!

—En México me fue regular. Conocí muchos lugares, la catedral, Xochimilco, todo eso, pero luego sucedió algo que me obligó a regresar a Mérida. No me casé ni tuve hijos. Simplemente me dediqué a trabajar para una familia hasta el sol de hoy. Ya le cuento los detalles en otra ocasión.

Pasaron más de una hora conversando, hasta que nos levantamos para recordarles que ya era tiempo de regresar cada uno a su lugar.

—¿Por qué no nos vemos aquí el lunes para seguir conversando? Te prometo que seré todo un caballero, dijo sonriendo con picardía.

—¡Sí, señor! Aquí estaré el lunes a las siete ¡y más le vale que se comporte!

Caminamos. Ellos delante y nosotras detrás, hasta que llegamos a la esquina de Union y Prospect Park West.

—¡No sé si podré esperar hasta el lunes!, dijo tomándole la mano a Tomasa y haciendo un dificultoso gesto para besársela.

—¡Pues haga un esfuerzo y déjese de zalamerías!, —bromeó ella.

—¡Hasta el lunes, Tomasita de mi vida!

Se miraron unos segundos y nos alejamos. Cuando le pregunté a Tomasita quién era el señor me respondió a punto de llorar, que era un viejo amigo.

—¿Está triste Tomasita?

—No, triste no, más bien emocionada. Es que estas cosas son milagros de la virgen. ¡Esto no le pasa a todo el mundo!

—¡Cuénteme!

—Un día de estos, Carmen. Ahora vámonos porque estoy agotadísima.

Al otro día me encontré a la enfermera en Key Food y me conto que de camino al asilo el viejo le dijo, "¡Hoy es un buen día para morirme!", y que comenzó a tararear "Me voy pal' campo, hoy es mi día", hasta que llegó al asilo. Allí se quitó el sombrero, tomó un vaso de agua con la medicina para la presión y se recostó en un sillón reclinado frente a la ventana de su dormitorio, a mirar los cálices frondosos de los árboles del parque y el azul del cielo. Cruzó los brazos a la altura del pecho, sonrió y tranquilamente murió.

EL SUEÑO DE CARMENCITA

Surgirás entre nubes y estrellas,

brillando en las sombras

Y a mi descenderás cuando escuches

mi voz que te nombra...

– Sylvia Rexach

Cuando me enteré de lo sucedido regresé a casa sintiéndome deprimida, nostálgica. No sabía por qué razón, ni siquiera lo conocía. Me encerré y me serví una ginebra con agua tónica, encendí un cigarrillo y pensé que el amigo de Tomasa debió haber sido bien guapo cuando joven. Traté de imaginarla con él, dándose besos y demás, pero no pude. Yo estaba segura de que Tomasa todavía era virgen.

Esa noche soñé con Joe. Se me apareció igualito al día en que nos conocimos en el ferry de Staten Island, pero en el sueño estaba enojado y me sacudía por los hombros exigiéndome que le devolviera a nuestra hija. Traté de escapar de sus garras, pero se me hizo imposible.

Cuando conocí a Joe yo tenía veinte años e iba de camino a la universidad. Me sentía triste porque extrañaba a mi ex novio Alberto, con el que tuve que romper después de encontrarlo en la cama con mi *roommate*. Le hubiera sacado los ojos, pero no pude. La humillación y la tristeza me debilitaron. A ella la arrastré por las greñas hasta el pasillo del edificio y después de meterle un par de bofetones, la dejé allí por un rato con el culo al aire. Él salió corriendo jurándome que ella tenía la culpa y que él me adoraba, pero lo mandé al carajo. Me sentía ofendida.

Lloré y eché a la traidora del apartamento. Luego me tuve que mudar también porque no podía pagarlo sola. Me fui a vivir a Staten Island con mi madre y el viejo Jimmy, mi padrastro, un ex policía irlandés con el que mi madre se casó cuando yo era chiquita. Jimmy estaba loco por ella y con razón. Mi madre era muy divertida y veinte años más joven que él.

    Joe se sentó a mi lado en el ferry y me preguntó que por qué estaba tan triste. Yo estaba mirando hacia la Estatua de la Libertad cuando él interrumpió mis cavilaciones. Era guapísimo y olía bien. Estoy segura que me sonrojé cuando lo vi, pero en lugar de responderle, sonreí. Ya el ferry estaba por anclar así que agarré mi mochila, le dije adiós de prisa y salí volando.

    No fue la única vez que nos vimos. Nos seguimos encontrando por las mañanas. Él comenzó a esperarme en la entrada del ferry y a veces me traía un pocillo de capuchino con canela y un biscotti. Me saludaba, nos sentábamos y conversábamos sobre las noticias del New York Post, que era el periódico que él leía. Cuando no lo encontraba me intranquilizaba y cuando lo volvía a ver, lo trataba con frialdad hasta que me explicaba por qué no se había presentado el día anterior. Él trataba de responder y yo para confundirlo le decía que no tenía que darme explicaciones. Era mi manera de coquetearle.

    Una tarde coincidí con Joe en Battery Park. Estaba esperándome. Me dio una alegría inmensa porque fantaseaba con encontrármelo fuera del ferry y tenía unas ganas enormes de abrazarlo, de besarlo, de acostarme con él. Me invitó a comer a un restaurante italiano en la calle Carmine en el Village. Era un lugar exquisito. El chef, que además era el codueño del lugar, era un croata que se llamaba Tony. Me enteré que Joe era el otro socio. Nos tomamos una botella de tinto con la cena y nos fuimos a tomar el ferry. Al salir del metro, nos abrazamos y nos besamos con avidez. Nos fuimos a la parte más aislada de Battery Park para seguir estrujándonos. No hablábamos. Nos recostamos de un árbol. Me lamió la cara, los ojos, el cuello. Me desabrochó la blusa y me besó los pechos. Todavía me da un cosquilleo en el estómago cuando recuerdo ese día.

    La mañana siguiente me esperaba con el periódico en la mano a la entrada del ferry. Me pidió que pasara el día con él y nos fuimos al piso que alquilaba arriba del restaurante. Tan pronto cerró la puerta me arrancó la ropa, me desnudó mientras me decía los planes obscenos que tenía para mí esa tarde. Me derrumbó sobre la cama, besándome y dando morditas en las comisuras de los labios y por todas las partes desde la cabeza hasta los pies. Me recorrió el cuerpo con su lengua golosa y luego me hizo el amor con excitación. Al mediodía fue a buscar almuerzo al restaurante y conversamos. Me confesó que yo era la mujer más hermosa y sensual que había conocido...que le encantaba mi cabello largo y rizado, mi cintura, mis labios...Me hizo reír. Seguimos viéndonos casi todos los días menos los domingos y tres meses después quedé embarazada. También me enteré que estaba casado y tenía dos hijos.

Mi vida se complicó, pero terminé mudándome a su apartamento y colocándome como mesera en su restaurante hasta que el embarazo se hizo demasiado evidente. Entonces me fui con Tony de ayudante en la cocina y cuando di a luz a mi hija, dejé de trabajar por seis meses. Joe se encargó de todos los gastos y años después nos compró una casita en Sunset Park. Nunca se divorció. Cuando Teresa, nuestra hija, cumplió cinco años, Joe se la presentó a su familia. Su esposa Sofía, una italiana gordita y de buen carácter, le cogió cariño a la nena y se hicieron buenas amigas. Cuando la nena cumplió 15 años se la llevó de vacaciones a Italia. La primera vez que vi a Sofía fue en el funeral de Joe. Desde entonces nos hemos visto en la casa de Teresa. La visita a menudo.

Desperté azorada, gritándole a Joe que me soltara. Estaba empapada de sudor y ya no pude volverme a dormir. Pensé otra vez en la muerte de Nacho. Resolví no decírselo a Tomasa. No quería darle la mala noticia, con lo entusiasmada que estaba con volverlo a ver. No se lo dije nunca.

LA TELENOVELA

Cuidé a Tomasa por casi un año. Desde el día en que la vi lavando la sábila, me dio curiosidad de saber más de su vida. Ella recordaba trozos de cosas que ocurrieron cuando era muy joven. Algunas veces hablaba de cosas que sucedieron antes de que ella naciera. Yo nunca estaba muy segura si lo que me decía era verdad. No digo que fuera mentirosa, no. Es que ella había escuchado los mismos cuentos de su abuelo, de su mamá y de la familia con la que había vivido casi toda la vida. Las historias se le enredaban con sus propias experiencias y cuando me las contaba, me costaba mucho entenderlas. Después, y poco a poco, fui atando cabos.

Tomasa estaba preocupada por el hermano de Emilia, el menor, que andaba mal de la cabeza. Lo habían diagnosticado bipolar o tal vez esquizofrénico o algo por el estilo. El "niño" ya rozaba los treinta y pico de años y logró graduarse de una escuela de leyes en Chicago, pero nunca pasó la reválida porque no daba pie con bola. Era inteligente, pero se le habían ido las cabras. Adoraba a su nana y ella andaba siempre preocupada por él. Cuando se tomaba los medicamentos funcionaba de lo mejor y hasta se podía entablar una conversación con él, a pesar de que alardeaba demasiado, quizás por su enfermedad. Cuando descuidaba el tratamiento desaparecía con sus perros y casi siempre terminaba arrestado por alguna fechoría menor, como la de golpearlos brutalmente frente a los clientes de un supermercado en New Jersey o por dormir en espacios públicos en Prospect Park. Una vez lo encontraron en Oakland, California, pidiendo limosna en un centro comercial y hasta allá fue Emilia a buscarlo. Un día encontré a Tomasa arrodillada en el medio de la cocina de la casa de Emilia, llorando desesperada y rezando, pidiendo protección para el niño.

Desde ese incidente comencé a llevarle botellitas de Agua de Florida que conseguía en la botánica de una peruana que estaba cerca de mi casa. La convencí de que un sobo en la nuca con ese potingue le espantaría todos los dolores y los malos augurios. Tomasa juraba que funcionaba.

En una ocasión llegué a la casa y Tomasa me abrió la puerta llorando y dando gritos: *Paulinaaa, Paulinaaa,* repetía histérica. Me asustó. Primero pensé que se había muerto el niño, o que había pasado algo igualmente grave. Luego creí que me estaba confundiendo con otra persona. Después de aclararle que yo era Carmen, no Paulina, me di cuenta de que el drama estaba desarrollándose en la telenovela. Paula, la mujer rica y mala, había metido un collar carísimo en la cartera de la pobre Paulina, una mucama de un hotel de Mérida, para acusarla con sus jefes, y luego fingir salvarla de la cárcel para obligarla a ejecutar sus descabellados planes. Me senté frente a la tele para ver la novela con Tomasa, que estaba que se cortaba las venas. No encontraba consuelo. Le froté un poco de Agua de Florida y se fue calmando poco a poco, pero no dejó de hablar pestes de Paula. ¡Ay, cómo detestaba a la Paula! Decía que era una chusma, con todo y que Paula y Paulina eran gemelas y de paso hijas de una mujer pobre y enferma, pero nada que ver. Paula era la mala, la rica, la inmoral. Paulina era la buena, la pobre, la indefensa.

En medio de su arenga contra Paula, Tomasita hizo una pausa para mirarme detenidamente. Ese día yo llevaba puesto unas argollas de oro grandes, una ristra de pulseras también de oro y los labios pintados de rojo, como me gusta pintármelos cuando voy de juerga. Tenía planes de verme con unas amigas para tomarnos unos tragos en un restaurante de la séptima avenida en Park Slope. Tomasita me soltó un "Ay, Carmencita, ¿por qué te pones esos aretes y ese pintalabios? ¿No te parecen un poco vulgares?". Sentí que la sangre se me subía a la cabeza y me dieron ganas de echarle el Agua de Florida en la cara. Me contuve. Los viejos son así, pensé. Tienen la facilidad y el don de descojonarte la vida con pocas palabras y seguir como si nada hubiera pasado. Ella se transformó de sufrida en agresora en unos segundos, arremetiendo contra mí sin ninguna razón. Contra mí... que la estaba consolando. "¡Qué bicha!", quise decirle, pero no me atreví. Simplemente le dije que si volvía a insultarme no regresaría a visitarla. Entonces empezó a disculparse, a llorar y a cojear de camino a la cocina, dizque para servirme una copa de vino y unas tortillas con guacamole. En ese momento llegó Emilia y me despedí.

No regresé hasta tres días después, ni le respondí las llamadas pidiéndome que la fuera a visitar, con la excusa de que había tenido gripe.

TOMASA SALE DE SU CASA

Para aprender a irnos, caminamos.

— Rosario Castellanos

Tomasa mira no más, ya eres toda una señorita, y estás tan hermosa que te pareces a mí cuando tenía tu edad. Me siento muy orgullosa de ti mija. Mira qué cabello tienes, pero no te olvides de cepillarlo todas las mañanas y hacerte las trenzas bien apretaditas para que te dure bien puestito todo el día. Y acuérdate siempre de lo que hoy te digo. Tienes que ser honesta, como te he enseñado, prudente, pulcra y sumamente discreta. Si rompes algo en la casa, de seguido se lo dices a la señora, no lo escondas ni lo niegues porque te pierde la confianza. Cuando ordenes la casa, pon las cosas siempre en el mismo lugar, para que te acostumbres tú y se acostumbren ellos a verlas ahí y el día que falten se darán cuenta pronto. Guarda los calcetines del señor siempre parejos y las alhajas de la señora cada una en su cofre.

Levántate siempre temprano y ten el café listo y las tortillas en el comal antes de que se levanten los señores. No le pongas sal a los huevos. Deja que ellos los sazonen a su gusto y nunca los sirvas fríos. A la hora de la comida, primero sírveles a ellos y siempre pregúntale a la señora, antes de cocinar, qué se le antoja para la comida o para la cena y nunca le sirvas la sopa fría al señor. Espera que se siente a la mesa de comedor y se la llevas calientita. Tampoco comas antes que los señores. Espera a que terminen. Recoge los trastes y lávalos. Prepárales el café y llévales el postre y un cordial o un trago de lo que sea, si lo piden. Cuando termines de servirles, entonces te sientas a la mesa de la cocina y te comes tu cena con los otros del servicio, en los trastos propios. La casa tiene que estar siempre inmaculada. Aunque no te toque esa tarea, debes procurar hacerla o que se haga. Los espejos siempre resplandecientes. No importa lo que oigas o lo que veas, nunca hagas comentarios sobre los señores o de ninguna persona de la familia a las muchachas del servicio ni a nadie. Cuando se dirijan a ti baja la cabeza y escucha con atención. Nunca los mires a los ojos por mucho rato porque lo pueden tomar como una señal de altanería y falta de respeto y siempre responde, mande, señora o sí señor, o qué se le ofrece señorita, o sí, señorito.

Con los huéspedes y los invitados también tienes que mostrar la misma amabilidad y respeto. Jamás les hables de tú ni les llames por su nombre de pila ni te metas en sus conversaciones como si fueras una de ellos, ni como si fueras una amiga de la visita, pues eso es cosa de metiches y a ellos no les va a gustar. Mantente en tu lugar y así te darás a respetar y te ganarás su confianza. Apréndete de memoria los gustos de los señores y señoritos de la casa. Enterate de todo lo que necesitan y de todo lo que tienen en la casa y nunca entres a una habitación sin antes tocar a la puerta, aunque te hayan llamado. Siempre responde a los buenos días, las buenas tardes y las buenas noches de igual manera. Si te dicen buenos días, Tomasa, tú respondes buenos días señora, señor o señorito. Y si te mandan a hacer algún mandado nunca preguntes por qué, simplemente hazlo.

Cuida bien a los chamacos y los llevas bien bañaditos y planchaditos a ver a los señores y no dejes que se demoren mucho rato en la regadera, ya sabes que eso es pecado. Revísales las orejas, los sobacos y las rodillas bien antes de vestirlos. Cepíllales bien el cabello para que luzcan lustrosos y no te olvides de echarle té de manzanilla a los rubios para que el cabello se les mantenga güerito.

Mija, jamás les pidas favores a los señores porque eso no se acostumbra, ni le aceptes regalos al señor, pues pueden pensar mal de ti y anda a saber qué te pide a cambio. Ah, siempre mantén tu hamaca bien puesta, el dormitorio limpio, recogido y bien cerrado en las noches cuando duermes. Acuérdate de lavarte la boca y las manos después de comer y no te olvides de rezarle a la virgencita de la Guadalupe todas las noches y todas las mañanas para que te ilumine, te dé fuerzas y te proteja. Vaya con Dios. -Algo así me dijo mi madre, y si mal no recuerdo, terminó de amarrarme las trenzas con un lazo de cinta azul y me plantó un beso en la frente.

Ese día salió a trabajar por primera vez a la casa de una familia de Mérida. Tenía doce años. Una de sus hermanas mayores ya trabajaba con una familia en las afueras de Mérida y sus hermanos varones junto a su papá, se afanaban en una hacienda procesando el henequén. Tomasa era la más joven de la familia de cinco hijos. Estaba muy orgullosa de su raza, de su familia y de sus antepasados, y su madre decía que estaban ligados por sangre al español Gonzalo Guerrero y a la princesa Maya con la que se matrimonió cientos de años atrás y de cuyo casamiento, apunta la historia, surgieron los mestizos de la península de Yucatán.

Tomasa era curiosa. Su sueño era conocer México, el mundo, esos lugares de donde llegaba la gente que desembarcaba en Puerto Progreso. Quería conocer ciudades, cines, cafés, tiendas de moda, salones de baile y aprender otros idiomas. Tenía la esperanza de que algún día lo lograría y estaba segura de que trabajar en una casa de familia sería el primer paso hacia ese futuro que tanto ambicionaba. Por eso salió de la casa contenta con sus bártulos al hombro en el que además de dos mudas de ropa y sus efectos para el aseo, cargaba una botella de agua de flores, unas zapatillas bordadas y un monedero de piel de cochino con un poco de dinero que su madre le dio para sus gastos. Llevaba puesto un [1]hipil bordado con flores rosadas y amarillas. Ya a los doce años se sabía guapa, aunque un poco tímida y muy seria para su edad. Sabia leer y escribir en español, conservó la lengua maya y conocía muy bien el [2]*Popol-Vuh*.

Tomasa me contó que era diestra bordando el punto de cruz, el bordado de cuatro cruces y la espalda de culebra. Según ella, nunca dominó del todo el deshilado porque era el más difícil, pero se atrevía a usarlo cuando hacía servilletas de algodón y manteles para su casa.

Vivía con su familia en la parcelita que le había cedido Felipe Carrillo Puerto a su padre para que cultivara la milpa y no dependiera totalmente del trabajo en las haciendas. Tomasa era diestra en asuntos de casa y comida. Sus familiares celebraban sus panuchos, sus tamales colados y su cochinita pibil. Amaba los pájaros y las plantas, y pasaba horas en el patio de su casa conversando con la mata de sábila que

---

[1] Variante del Huipil. Parte del vestido típico de la mestiza Yucateca.
[2] Texto mas importante de la cultura Maya que relata la historia del mundo, la humanidad, la espiritualidad y la estirpe Maya.

veneraba por sus poderes medicinales. Aunque muchos usaban las florecitas de Xtabentún para los entierros, ella las recogía para perfumar la casa y el agua con la que se bañaba. Le gustaba platicar con los quetzales y papagayos que iban de paso hacia Guatemala y espantaba a la chachalaca corriendo y aleteando los brazos tras ella entre los árboles de limones.

Se despidió sin mucha tristeza porque sabía que si las cosas no iban cómo esperaba, podría regresar a su casa de inmediato. Además, tendría los fines de semana libre para estar con su familia a menos que la necesitaran los patrones.

Era casi el final del mes de octubre y ya las lluvias habían cesado. [3]El Yuum Xaman lik soplaba desde el norte aliviando la jornada de Tomasa. Apenas amanecía.

-El gallego de la bodega de embutidos me saludó con un "buenos días Tomasita". Él vivía dando fe del proverbial refrán, *al que madruga Dios lo ayuda*, lo que le había garantizado una buena vida a él y a su numerosa familia. La muchachita que barría el balcón de la casa de los Huerta-Gutiérrez me sonrió. Imagínate Carmen, todavía recuerdo ese día a pesar de los años que han pasado. Después vi a Ramón, el viejo panadero que esperaba a que se cocieran los boliches y los panes dulces en la tahona, recostado en el quicio de la puerta del establecimiento con un habano en la boca. Nos saludamos. Llegué a la casa finalmente y fui recibida muy cariñosamente por Marcelina, el ama de llaves.

Tomasa recuerda que ese día llevaba un vestido blanco y sobrio de algodón que le llegaba a media pierna. Un cinturón negro acentuaba su cintura. Usaba zapatos negros con tacones moderados. Unos pequeños aretes de oro eran su único adorno. También notó su cabello canoso recogido en un moño y apretado en la nuca como se usaba. Me sorprendió que recordara tantos detalles. Según Tomasa, Marcelina caminaba despacio y tenía una mirada amable y una voz firme y dulce. Qué fina era doña Marcelina, decía Tomasa. Admiraba a esa mujer que había acompañado a la señora de la casa desde su nacimiento.

Tomasa debía atender a los niños de la casa y ayudar en los

---

[3] Señor Viento del Norte.

quehaceres de la cocina. Dos años después, Tomasa conocía de cabo a rabo la casa y los gustos y disgustos de los señores. Marcelina le enseñó a cocinar el mondongo a la andaluza, las crepas de chaya y otros platos. Para el día de los muertos ella ayudaba a adobar el *Mucbipollo* meticulosamente dos días antes de la celebración y le daba una mano al jardinero que cavaba un hueco en el patio y encendía las ramas de Kitinché para cocinarlo. Tomasa recuerda que jugaba con los niños y los llevaba de paseo por la plaza o al mercado cuando tenía que comprar verduras. Les impuso una disciplina rígida y les enseñó algunas palabras en maya.

Se ganó la confianza y el aprecio de todos, especialmente de Marcelina, quien la veía como la hija que nunca tuvo. Cuando se acercaba a sus catorce, la señora de la casa le preguntó si tenía una prima o amiga en México. La familia planeaba viajar a la ciudad para pasar una temporada en la casa de sus parientes en la Colonia Juárez. Tomasa recuerda riéndose que como ella quería ir, le respondió, "no, señora, no tengo primas ni a nadie en México. Si quiere le acompaño yo".

Entró a la casa de sus padres como un torbellino e inmediatamente después de pedir la bendición, con la respiración entrecortada, le contó a su madre lo del viaje. Agustina la escuchó pacientemente y después de reflexionar, le pareció muy bien que su hija quisiese conocer el mundo, que quisiese visitar México. El asunto era convencer al padre de que era una buena idea. Después de cenar hablaron con él. José fue tan rotundo como su no.

—Es muy peligroso mandar a esta niña a esa ciudad que siempre anda en revueltas ¿Para qué tiene que ir tan lejos si aquí tiene su familia, su trabajo, sus amistades? Lo que tiene que hacer es prepararse para cuando llegue el momento de casarse, tener sus hijos y vivir donde le toca vivir y como Dios manda.

Agustina no se dio por vencida.

—José, estos son otros tiempos, las cosas han cambiado mucho desde que usted y yo nos criamos, el mundo es otro y la niña está echando alas... tenemos que dejarla volar. Una semana después, su padre le dio a Tomasa su bendición.

EL SUEÑO DE VER EL MUNDO

Allá donde encontramos lo perdido

Allá donde se va lo que se tuvo...

— Elena Garro

Llegaron a la ciudad de México después de un viaje largo y cansado, pero emocionante. Primero embarcaron desde el Puerto de Progreso hasta Veracruz y después tomaron el ferrocarril desde Veracruz hasta México. Tomasa viajó bajo esas lluvias de julio que alborotan las aguas del Golfo. A pesar del zarandeo del océano y de la lluvia que arremetió contra el barco, le fascinó el mar abierto y grande, el infinito cielo y el lujo del yate. Nada impidió, sin embargo, que vomitara hasta el verde de las tripas.

El cocinero se mostró muy amable con Tomasa desde que la vio llegar. No le perdía ni pie ni pisada, especialmente desde que la vio con el huipil todo empapado de lluvia y pegado al cuerpo descubriendo sus senos redondos y sólidos, su mínima cintura y sus caderas fuertes que se balanceaban con las tempestuosas olas del mar. Fue él quien le dio unas rebanadas de limón verde con sal para que las chupara durante el viaje asegurándole que le quitarían el malestar. También le preparó un caldo de pescado con lima para que no se deshidratara. Ella se lo tomó sentada en una silla de la pequeña cocina, abrigada con su reboso. Había notado la mirada de él y no quería ser objeto *de sus roñas*. Él se sentó a su lado e intentó una conversación, pero terminó soltándole un monólogo sobre su vida, sus hazañas en el mar, sus recetas y su familia. Tomasa le sonrió y aprovechó para recomendarle su receta de panuchos para que los sirviera de aperitivo.

El cocinero la vio alejarse de la cocina sin poder evitar una sensación de derrota en el alma. Suspirando, le lanzó de reojo una de sus inevitables miradas pícaras que guardaba para las muchachas bonitas. Casi funcionó el remedio del cocinero, pero el corre y corre de Tomasa detrás de los dos niños que se escurrían de popa a proa, le revolcaron aún más las tripas dejándola extenuada y con náuseas.

—"Carmencita, yo llegué a Veracruz pálida como un capullo de alelí y con el vestido descalabrado por el traqueteo", me dijo Tomasa desternillándose de la risa.

Desembarcaron en el Puerto de Veracruz casi a las tres de la tarde. El puerto estaba congestionado. Había barcos norteamericanos, canadienses, alemanes, franceses, cubanos, quién sabe de dónde más. Tomasa veía hombres y mujeres guapos, maltrechos, altos, bajos, rubios, indios, negros y mulatos. Se movían rápidamente entre estibadores y vendedoras de pescado, de piña, de caña de azúcar, de horchata, de dulces de coco, de aguas de todos los sabores, de canastos y de cerámicas. Tomasa llevaba a los dos niños agarrados de la mano y seguía a los señores con los ojos muy abiertos para apreciar mejor el panorama. Un cortejo de mulatitos cargaba las cosas de la familia hasta el Packard nuevo del primo del señor que conducía un chofer moreno con sombrero panamá y los llevó hasta la casa de los parientes cerca de la Plaza de la Constitución. Allí se hospedarían mientras llegaba el ferrocarril.

Nacho Ajuria, el chofer, era campechano, simpático, alto y flaco, pero con brazos de estibador. Hablaba con una jerga y un acento santiaguero que no se lo quitaba ni Dios mismo. Estaba impecablemente vestido y perfumado. Parecía estar siempre de buen humor y tenía una sonrisa bonita y contagiosa. Su carácter era totalmente opuesto al de Tomasa, tan formal y tan negada al tuteo. Para colmo, por su desmedido pudor católico y maya, pocas veces se reía de las gracias de los hombres.

Tomasa se fue con los niños y con Nacho a pasear por la ciudad porque al siguiente día partirían hacia México. Según la señora, era su oportunidad de conocer un poco la vida jarocha. Nacho pasó toda la mañana, mientras caminaban por la Plaza de la Constitución, tratando de ganarse la confianza de Tomasa y de conseguir que lo tuteara. No lo logró, pero si consiguió hacerla reír con sus cuentos. Le contó que en sus noches libres visitaba las tabernas y los cabarets para escuchar a los soneros que llegaban de Cuba, de Puerto Rico y hasta de Santo Domingo. Aunque ya ella había oído el son, porque a Mérida también llegaban algunos conjuntos cubanos, le pareció interesante y graciosa la pasión que expresaba Nacho cuando le enseñaba cómo se bailaba, indicándole los pasos de baile con los pies y la posición correcta de los brazos, mientras tarareaba unas estrofas de *El que siembra su maíz* que había grabado el Trío Matamoros con la Casa Víctor, recientemente.

—El son va a acabar con México, profetizó Nacho y Tomasa se echó a reír.

No podía parar de hablar y todo el tiempo lo hacía con un entusiasmo avasallador. Le relató los pormenores de su primera visita a México y le recomendó que por nada del mundo dejara de pasearse por el Bosque de Chapultepec y de navegar en goleta por el lago Texcoco para que viera los jardines flotantes de Xochimilco —y si vas acompañada— y aquí le guiñó el ojo —mucho mejor. Tomasa puso cara de circunstancia.

—Fue una broma Tomasita, no te me pongas brava, por favor.

—No me falte el respeto Nacho que yo no soy de las muchachas que anda por ahí con acompañantes.

Siguieron caminando hasta que él sugirió que fueran a ver el Castillo de San Juan de Ulúa. Cuando los niños se cansaron de correr cerca del tenebroso castillo que había sido un antiguo presidio y cede de gobierno, se marcharon al puerto a comer pescado frito y plátanos dulces con mojo de ajo y chiles habaneros, agua de coco y horchata de limón.

—Nunca olvidaré que mientras comíamos, escuchamos a una mujer interpretando una melodía suave y sensual. *Yo sé que es imposible que me quieras, que tu amor para mí fue pasajero...* así iba la canción que desde ese día se me quedó grabada en la memoria y la tareo cada vez que cocino pescado o plátanos. La música venía de una taberna al cruzar la estrecha calle que estaba con sus cuatro puertas abiertas. Vimos al músico, un hombre flacucho y desgarbado con una cicatriz en una mejilla y un cigarrillo colgándole de la boca. La cantante, que según Nacho se parecía a la conocida María Teresa Vera, era una trigueña guapa, de unos ojos enormes y unas frondosas cejas negras que llevaba un lindo vestido amarillo entallado al cuerpo y unos aretes enormes. No me vas a creer Carmencita, pero después, ya en México, me enteré de que el músico era Agustín Lara.

Cuando terminaron de comer y el ensayo se interrumpió, Ajuria, en un tono circunspecto hizo el segundo vaticinio del día: Tomasa, te vas a acordar de mí, porque esos dos van a llegar muy lejos y escúchame bien guajirita, esa música se va a convertir en la música clásica de toda América. Tomasa se echó a reír otra vez.

—Nacho, usted que es vidente, ¿por qué no me adivina el futuro?

Ella sintió que un profundo silencio se apoderaba del puerto, de la calle, de la cantina del frente y de ella. El miró fijamente, sondeándola y obligándola a que volteara la mirada hacia el mar. Admiro su perfil, su cuello largo, su ancestral hermosura, sus trenzas con el lazo, su escote adornado con las flores bordadas del huipil, su cercanía y su distancia.

—¿Qué quieres que te diga Tomasa?, – dijo suspirando y con el rostro ensombrecido como si algo le pesara en el alma. – ¿Qué quieres tú, Tomasita? ¿Qué esperas de la vida? Tú sabes que la gente como nosotros no puede tenerlo todo. Mírame. Soy guitarrista, me gusta la música, me gusta la vida, los bailes, me gusta México también, pero aquí estoy, de chofer, y no es que me queje, que mucho que se lo agradezco a Orula y a Santa Bárbara, pero yo quisiera tocar y componer canciones. He compuesto varias y creo que algún día lo lograré.

Nacho hizo una pausa y la miro conmovido con su propia respuesta. —Eso quizás me permita viajar a Europa, ir a Colombia, quién sabe... quizás llegue a ser algo grande alguna vez, pero tú eres, una mujer... una chamaquita, y si para los hombres de mi clase y de mi color este mundo nos la hace difícil, figúrate lo difícil que se la hace a las mujeres. Yo no sé por qué no te quedas en Mérida y te casas y tienes hijos como dios manda. No es que te quiera desalentar, pero es que la gente como nosotros no lo puede tener todo.

Tomasa bajó la mirada como buscando mitigar al vértigo que se le encaramaba por todo el cuerpo como una araña mientras escuchaba los augurios de Nacho. Él no sabía dejar de hablar, no sabía ejercitar la prudencia.

—Yo no soy adivino güajira, pero si creo y te aseguro que vas a lograr ver el mundo, vas a ver muchas cosas y vas a vivir por mucho tiempo, pero hay cosas que vas a tener que sacrificar, porque una cosa es ver el mundo y otra cosa es gozar el mundo, hacerlo tuyo. Creo que vas a lograr tu sueño de verlo, pero de lo otro no sé, no lo vislumbro, aunque sí creo que en nuestra vejez nos volveremos a ver y yo... sin bromear, lo siento muy dentro del alma.

Ella seguía con la cabeza baja. Nacho se percató de su incomodidad y cambió el tono.

—¡Ay Tomasita, no me tomes tan en serio! Qué voy a saber yo del futuro, quizás lo que tengo son celos de que te vayas y quién sabe si te encuentras un galán de esas películas que hacen en Hollywood y te olvidas de mí, pues yo me casaría contigo hoy mismito si me aceptaras. En serio. ¡Por mi madre! Tomasa se sonrojó, pero lo miró divertida.

—No se preocupe Nacho. Ya mi padre me dijo algo así, pero yo creo que ese es un miedo de hombres porque mi madre no pensó igual que él, sino todo lo contrario, puso toda su confianza en mí.

Ya estaban dentro del auto cuando Tomasa se preguntó si de verdad el pianista y la cantante llegarían lejos.

Al día siguiente en el ferrocarril que iba a México, volvió a ver a Agustín Lara tarareando la misma canción, acompañándose con una guitarra. Cuando la vio, el músico paró de tocar para quitarse el sombrero y echarle una mirada suplicante que ella ignoró.

EL VIAJE FASCINANTE

Eran las diez de la mañana y estaban todos listos para partir hacia la estación del ferrocarril. Tomasa no vestía su tradicional hipil, sino que llevaba puesto un vestido de algodón color papaya largo hasta un poco más abajo de las rodillas con un discreto escote redondo. Tenía puesto un sombrero *cloche* de paja con una flor rosada bordada sobre el ala frontal que le cubría la frente hasta las cejas. La señora se lo había regalado y a Tomasa le halagó mucho ese detalle. Cuando Nacho la vio sonrió con aprobación y al ayudarla a abordar el tren le puso en la mano una medallita de oro de la Virgen de Regla[4]. "Esta es tu virgencita, para que te proteja en la jornada". Tomasa no tuvo tiempo ni valor para rechazarle el regalo y apresuradamente se lo agradeció. Se sentó y miró a través de las ventanas y se encontró con los ojos cariñosos de Nacho.

El ferrocarril arrancó estrepitosamente. Tomasa no quería cerrar los ojos para no perderse nada del viaje. Pensó en sus padres y sus hermanos a los que ya extrañaba. Se acordó de sus juegos con la chachalaca en el patio de su casa. Repasó los consejos de su madre casi tres años atrás. Se acordó de lo digna y bella que era Marcelina. Pensó en ella misma y suspiraba imaginándose su llegada a México con su lujo, su riqueza, sus catedrales bellísimas y Chapultepec. Se llenó de alegría y ansiedad a la vez. Recordó la profecía de Nacho y su perfil. Pensó en Nacho. Supo que su oferta de matrimonio no la había hecho en broma, y que, si ella le hubiese tomado en serio y aceptado, a pesar de que no se conocían bien, el impulsivo de Nacho se hubiera casado con ella. Sintió que se le metía una pajita en el ánimo, aunque estaba profundamente halagada. "Quién sabe, a lo mejor lo veo cuando regrese", dijo en voz baja. Abrió su mano y ahí estaba la medallita de la

---

[4] Nuestra Señora de Regla, virgen del municipio de Regla de La Habana, Cuba. La Virgen de Nuestra Señora de Regla es Yemayá en la religión Yoruba.

virgen, y la apretó con fuerza para luego besarla y ponérsela.

A media mañana los niños se habían quedado dormidos. Comenzaba a lloviznar. Era una garúa liviana y constante que forraba el paisaje como una cortina de tul. Una llovizna sedante, de esas que hipnotizan y acurrucan. Tomasa se dejó vencer por el sueño. Cerró los ojos por lo que pareció un segundo y cuando los volvió a abrir vio el gran pico de Orizaba.

En la estación de Orizaba hicieron una corta escala. Allí estiraron las piernas y se llenaron los pulmones de aire fresco. Tomasa vio al hombre de la guitarra que fumaba sin parar hasta que se escuchó ¡todos a bordo! El tren silbó y partió lento y cargado. El bochorno de la tarde volvió a caer sobre Tomasa hasta que los pasajeros empezaron a platicar excitados y ella abrió los ojos sobresaltada al oír los gritos de los niños. El ferrocarril acababa de ascender hasta la cumbre de Maltrata. El pánico y el placer se le mezclaron. Casi podía tocar el barranco insólito. "Virgencita, ¿cómo llevarían estos rieles tan arriba?" Tragó en seco y apretó a los niños contra su pecho. "Por eso gritaban, no por miedo". Viajaron casi cuarenta kilómetros a una altura de aproximadamente mil doscientos metros, hasta que descendieron camino al ramal de Puebla. Fue uno de los tramos más interesantes del viaje y ella jamás lo olvidaría. Después de una decena de túneles, cientos de puentes y una veintena de estaciones, llegaron a México. "Carmen, ese fue el viaje más fascinante de toda mi vida", me dijo Tomasa con melancolía.

TIEMPOS DE CAMBIO

La ciudad bullía. Gente, automóviles, edificios en construcción, casas modernas estilo Hollywood, vendedores de tacos y horchata... Tomasa se enteró de que el presidente Álvaro Obregón había sido re-elegido y la ciudad estaba trastornada. Esa noche se oficiaría una cena de celebración a la que ningún miembro de la familia pensaba asistir. No les interesaba codearse con los políticos directamente y menos con Obregón cuyos problemas con la iglesia eran conocidos y públicos.

Tomasa vio todo y a todos. Y si el Paseo de la Reforma con sus nuevas mansiones y arboledas la había sorprendido, la casa de la familia que había sobrevivido a la voracidad de la modernidad con su portón de hierro y sus jardines, la hizo delirar. El salón principal estaba decorado con cortinas de terciopelo, muebles franceses, alfombras persas, lámparas de cristal y algunos retratos al óleo que ella supuso eran los ancestros de la familia. Una luz brillante entraba por los enormes ventanales.

Tomasa se sobrepuso al impacto de esa primera vez y casi se comió los escalones que la llevarían a la habitación de las niñeras en una esquina del segundo piso. Abrió la maleta con dificultad, se lavó rápidamente la cara, la boca y las manos y se puso el uniforme negro y blanco que llevaría puesto durante su estadía en la mansión. "El domingo es nuestro día libre", le dijo María, la otra niñera, quien era la novia del chofer de unos vecinos de la familia. Él la paseaba por la ciudad todos los domingos. "Dime a dónde quieres ir y te llevamos para que conozcas México. Eso sí, tenemos que regresar antes de la seis de la tarde para ayudar a servir la cena".

Esa noche mataron a Obregón. Según la radio, un cristero llegó a la cena oficial donde se celebraba el triunfo y gritando ¡Viva Cristo Rey! le metió dos plomazos en el corazón.

—Madre de Dios. Ahora sí que se va a poner la situación mala, que el cielo nos proteja.

—Oiga, ¿y qué es un cristero, María?

—Los cristeros son los que defienden a la iglesia. El manco Obregón les quería quitar sus poderes y ellos, los de la iglesia, que llevan armados unos años y andan en chinga... Ay, discúlpame Tomasita, andan furiosos batiéndose a puro tiro con cualquiera que se le pare al frente. Fíjate que dicen que han muerto miles de gentes en peleas con ellos, más bien por el norte, por allá por las minas de cobre de Chihuahua y hasta por Guanajuato. A Isabel Hernández, una muchacha así más o menos de nuestra edad tuvieron que encerrarla junto a otras chavas dentro de una mina para que los cristeros no la violaran. Están hechos unos salvajes.

Tomasa bajó corriendo las escaleras hacia la cocina y vio a toda la familia en el salón principal escuchando la radio y platicando sobre el suceso. Ayudó a Carmela, la cocinera, a secar los trastes y a preparar chocolate caliente para las señoras. ¿Quién lo mandó a meterse con Dios? comentaba ella en voz baja. Tomasa escuchaba callada mientras ponía las tazas sobre sus respectivos platillos de porcelana alemana y cortaba en pedazos una torta de almendras y pasas para servirla con el chocolate. También sacó del aparador unos vasos de cristal para servir el whiskey que pidieron los señores y los acomodó en una bandeja junto a una botella. En el salón, mientras servía, escuchó la conversación sin reaccionar ni hacer ningún comentario. "Calles resolverá todo", decía uno, mientras otro comentaba que quizás fue lo mejor que pudo haber sucedido. Las señoras, con las tazas de chocolate caliente en mano, hablaban de los planes para el cumpleaños de la señora Luján, de ir de compras, de encontrarse en el club después de la misa, como si nada hubiese ocurrido.

Tomasa se retiró a su habitación casi a las diez de la noche exhausta por el viaje y por los sucesos. Fue su primer día en México. Se bañó, se arrodilló y rezó largamente. Encendió una vela y pidió por todos y para que nada malo sucediera en el país. Le dio las buenas noches a María que acababa de entrar y se durmió al instante.

Las semanas transcurrieron normalmente dentro de la casa, aunque la ciudad y el país habían cambiado. Después del asesinato nombraron tres presidentes consecutivos controlados tras bastidores por Plutarco Elías Calles. Esto se conocía como el Maximato. También había nacido el PRI, el Partido Revolucionario Institucional.

Tomasa se mantenía alerta a los comentarios de los señores y de las muchachas del servicio, esforzándose por entender lo que sucedía. Vivía protegida detrás de los portones de fierro y de las cortinas de terciopelo. Los señores nunca estaban en la casa durante el día. Se dedicó a cuidar y a entretener a los chicos y a ayudar en la cocina a la hora del desayuno y a veces durante la cena a la que siempre llegaban invitados. A veces cocinaba. Los domingos se iba a pasear con María y su novio. "Si Nacho estuviera aquí se divertiría en cantidad", pensaba sin saber por qué. Apenas lo conocía y no se sentía realmente atraída hacia él, aunque le había cogido cariño. Lo consideraba su amigo. Visitó catedrales, iglesias, mercados y Chapultepec. Un domingo fue al Cine Iris a ver *El Cantante de Jazz*, una película sonora. Todo la sorprendía. Vio los murales de Diego Rivera y probó los tamales, los chilaquiles y el pan dulce en los puestos del mercado.

A veces soñaba que estaba en la parcela de su familia, recogiendo limones y conversando con su madre, y otras noches soñaba que se casaba en la catedral con un frondoso vestido blanco de cola larga, con velo, y un ramo de florecitas perfumadas de las que se daban en Mérida. En ocasiones se entusiasmaba cuando venían las señoras y hablaban de sus viajes a España, a Nueva York y a Cuba o cuando mostraban los últimos modelos de zapatos, sombreros, vestidos y bordados que traían de París diseñados por Poiret, Lanvin, Channel y Delaunay, y soñaba con viajar más lejos, quizás a Europa. De vez en cuando escuchaba un *oui oui* o un *monsieur* o *un yes, my dear* y eso le alimentaba las ganas de conocer el mundo, de verlo todo, de saber de todo, de comprarle una casa a su familia y de tener una propia.

A fines de agosto celebrarían el cumpleaños de la señora que se convertiría en el encuentro anual de toda la crema y nata de la zona para compartir, beber y bailar los sones y boleros que estaban en boga. Todos en la casa se enfrascaron en la tarea de organizar la fiesta. Tuvieron que pintar, alquilar mesas y sillas, manteles y cristalera y crear arreglos florales para diez mesas. Planearon el menú, ordenaron botellas de champagne, tequila, whiskey y vinos franceses. Las señoras pasaban los días con la modista, verificando a los invitados y asegurándose de que todo saliera a la perfección. Para la música, el señor Luján recomendó a Guti Cárdenas que andaba por la ciudad y que se había presentado en la radio por esos días interpretando un bolero de un cantante al parecer veracruzano, que era lo último en los cabarets bohemios que estaban de moda en el centro. Lo mandaron a buscar.

Tomasa y María bañaron a los niños temprano y los llevaron a pedir la bendición de los señores. Los cuatro pasarían la noche en el dormitorio contando cuentos. Los de fantasmas aterraban a Tomasa porque le recordaban el verano anterior cuando se fueron a una hacienda de Sisal y en la noche se les apareció el alma en pena del hijo mayor del mayordomo llorando y sangrando despidiéndose de todos. Aquella noche de la aparición cerraron las puertas y ventanas de la barraca donde dormían las mujeres de servicio porque los lamentos del muchacho y los gritos de una mujer desconocida las mantenían aterrorizadas y en vela. Tomasa nunca olvidaría ese episodio. Al amanecer llevaron el cuerpo del muchacho que había sido atropellado por un caballo la noche anterior. Nunca se supo quién fue el jinete ni tampoco encontraron al animal.

Los invitados tomaban champagne, probaban los aperitivos y bailaban. La música llegaba hasta las habitaciones donde los niños dormían. María y Tomasa comentaban quedito los detalles de la fiesta, el hermoso vestido de la cumpleañera, los olores placenteros de los arreglos florales, el sabor perfecto de los faisanes importados de Yucatán bañados con la salsa pipián que habían ayudado a preparar, la nitidez de las melodías que se elevaban desde el piano de cola negro interpretadas magistralmente. Tomasa reconoció la composición y la voz hermosa del Guty interpretando *Yo sé que es imposible que me quieras...* Le preguntó a María quién era el pianista.

—Es Agustín Lara, un compositor que dice que es de Veracruz, aunque por ahí comentan que es chilango y que no más se enamoró de una mujer de esas tierras y anda diciendo que es de por allá. Es un flacucho con una cicatriz en la cara que le puso una mujer por celos en un cabaret. Según los habladores, y yo no soy uno de ellos, ha sido muy desgraciado desde entonces y por eso se marchó de México para recomponerse.

—¡Ay!, me parece que es el mismo músico que vi en Veracruz. También viajó en el mismo tren en que vine yo.

Era medianoche y María insistió que Tomasa se acostara. "Yo me quedo con los chavos, vete a descansar que ya es tarde". Cuando llegó a la habitación, le puso el cerrojo a la puerta, se cambió, rezó un Padrenuestro frente a la Virgen de Guadalupe, apagó la lámpara y se acostó a dormir. La luz del pasillo se colaba por unas franjas que entrelazaban los maderos de la pared y por ellas también se podían distinguir sombras pasando por el corredor. A punto de dormirse, escuchó que alguien la llamaba en voz baja.

–¡Abre Tomasita que quiero platicar contigo!

Reconoció la voz del Señor Lujan, quien pedía dándole toquecitos y empujoncitos a la puerta. Ya hacía tiempo que él la miraba de forma rara, a veces parecía enojado y otras muy simpático, pero ella empezó a cogerle miedo y le rehuía todo el tiempo. Sin embargo, él nunca se había propasado con ella en Mérida.

Tomasa empezó a rogarles a todos los santos que la protegieran mientras brincaba de la cama hasta la puerta, sintiendo que se le partían las rodillas de los nervios y temblando con el corazón desbocado. Se agarró del picaporte con fuerza, atravesó la tranca de un lado al otro del marco de la puerta y no quiso que ni un suspiro se le escapara por la boca. El señor Luján le ofrecía dinero, le juraba amor eterno, amenazaba con pegarse un tiro en las sienes si Tomasa no le abría. A Tomasa le ardía la cara del miedo. "¿Qué hago madrecita santa? Por favor protégeme. Llévate al señor que anda borracho. Mañana mismo te llevo flores a la catedral...ayúdame Cecilio Chi. Virgencita de Regla...virgencita de Nacho Ajuria socórreme que soy tu sierva, que solamente soy una pobre trabajadora, pero honrada...llévatelo de aquí Lupita". Pero el patrón insistía.

–Ábreme que te aseguro que te daré todo lo que necesites y ya no tendrás que trabajar tanto...mira que me estoy volviendo loco por tu cinturita, por esos ojazos de chocolate, por esos pechitos menuditos que te dio el cielo. Anda mamacita, que no ocurrirá nada malo...que esto no es pecado porque te quiero con toda el alma. Ábreme la puerta mi gorrioncito que soy infeliz. Mi chachalaquita, mi flor de Liz, ábreme la puerta que mi mujer no me entiende. Abre y no te hagas chulita que para santa no naciste.

Las vírgenes la escucharon y hasta el mismo Dios, la música se detuvo y el señor Luján supo que podían oírlo. Borracho y frustrado, se dio por vencido y se retiró a pasos lentos y torpes, asomándose de vez en cuando por las hendiduras entre los tablones intentando verla, pero Tomasa seguía colgada de la tranca de la puerta, pegada a ella como si fuera otro pedazo de madera, inmóvil, con el cuerpo adolorido y la mente confundida.

Despuntó tarde, la casa estaba en silencio y solamente la gente de servicio se movía lentamente y con cautela a través de la casona limpiando, acomodando los muebles, sacando la basura y las cajas de botellas vacías, barriendo el jardín y rociando las plantas. Tomasa amaneció tirada en el piso, enroscada como un caracol al lado de la puerta. María llamaba a la puerta con obstinación. Cuando Tomasa por fin la escuchó, se paró a duras penas para retirar la tranca y la aldaba. María casi la arrastró hacia la cama, buscó agua y una toalla y le humedeció el cuello y las sienes. Tomasa estaba desorientada. Su compañera, un poco alarmada, corrió a la cocina a buscar ayuda y la cocinera le preparó un té de jengibre para espabilarla. Le pusieron unas compresas de hojas de albahaca en la frente.

Al mediodía le trajeron un caldo de gallina con verduras, unos chilitos de árbol y limón verde. Tomasa había recobrado la conciencia y tomaba la sopa en silencio, soltando una lágrima de vez en cuando.

—Me hace falta mi mamá y quiero regresarme a casa María.

—Bueno, le digo a la señora que te quieres ir.

—No, yo misma se lo digo, no te preocupes.

A la una de la tarde despertaron los señores y fueron a la terraza a desayunar. Los cuñados se tomaron un par de cervezas frías para la cruda y se fueron a jugar tenis. Las hermanas se quedaron conversando sobre la fiesta.

—¿Viste que entallado le quedaba el vestido a la Marieta? ¿Te diste cuenta de lo panzona que esta Consuelito? ¿Qué crees que estaba sucediendo entre Carlota y Julián que casi ni se miraron la noche entera?

—¿Notaste la piel tan oscura que tiene la primita de Lidia que vino de California? ¿Y que te pareció el anillo tan presuntuoso que le regaló Luis Alberto a Bea?

—Oye, ¿y cómo se apretaron Jaime y Martita mientras bailaban? ¡Qué vergüenza! ¿Y que te pareció el Agustín Lara?

—No tiene nada de guapo como el Guti. Es feo, pero ¡qué canciones tan hermosas escribe! Sí, fue un total *success, magnifique,* no hubo quien se perdiera ni un número. Y el faisán con salsa pipián quedó de maravilla, las flores exquisitas, el champagne de los más *délicieux,* sabroso.

—Y la tarta. ¡Ah, la tarta! Aunque probé solo un trocito, estuvo buenísima. Estoy de acuerdo con todo. Gracias querida hermanita, gracias por una fiesta espectacular, la disfruté a todo dar.

Ahí se detuvieron las señoras cuando entró Tomasita con su palidez y los ojos inflamados y pidió hablar con la señora Luján.

—Me siento muy enferma y quisiera regresarme a casa.

—Pero, ¿por qué no me permites llamar al doctor?

—No señora, no tenga cuidado, yo prefiero irme a casa porque me siento muy mal.

—Pero, y desde cuándo andas así, si ayer o antes de ayer, ¿cuándo fue que te vi? Ayer en la mañana te veías de lo mejor.

—Sí, señora, pero no pegué ojo en toda la noche y amanecí sintiéndome mal y con dolor en los huesos. Usted sabe que nunca me enfermo, pero ahora sí y prefiero regresarme a Mérida.

—Bueno, tú sabes que yo me preocupo mucho por ti y te prometí que te enviaría de vuelta cuando tú quisieras, y si de veras prefieres irte ahora, déjame ver cómo le hacemos.

—Sí, señora, me gustaría marcharme lo antes posible.

—Bueno, ya te hacemos los arreglos, mientras tanto, vete al dormitorio y prepara tus maletas.

EL REGRESO A CASA

Ahora estoy de regreso.

Llevé lo que la ola, para romperse, lleva

-sal, espuma y estruendo-,

– Rosario Castellanos

Nada se veía ni se sentía igual. Miraba por la ventana de cristal los cerros, los sembrados de agave, los incontables túneles, los imponentes puentes, la Cumbre del Maltrata, la punta nevada del Orizaba, los sembrados de piña y de caña y nada se veía ni se sentía igual. La garúa regresaba, pero esta vez parecía una cortina gris que no disipaba su desencanto ni le aplacaba la rabia. Iba envuelta en su rebozo azul, callada y arrinconada contra aquella ventana que casi dos meses atrás le daba esperanzas y le ofrecía el mundo inmenso que era ese país controvertido y tan lleno de pasados y futuros. Sentía un rencor visceral por los Luján. Le habían dañado sus planes. Tal vez su padre y Nacho tenían razón. Era mejor quedarse en Mérida. "Soy una idiota", pensó.

En Veracruz salió de prisa del ferrocarril cargando su maleta. El vestido color papaya, los zapatos carmelitas y el sombrero de *cloché* se los dejó a María. Llevaba puesto su huipil, como antes de ir a México y el cabello peinado en un moño amarrado en la nuca. Los amigos de los Luján que la llevaron con ellos en el viaje, la acompañaron de prisa al puerto donde se embarcó hacia Progreso esa misma tarde, sola, pero sin miedo. Pensó en Nacho otra vez.

En el puerto de Progreso la esperaba Marcelina con el chofer, su madre y su padre. Se abrazaron y Tomasa se sintió mejor. Ni una palabra habló sobre lo sucedido con el señor Luján, solamente le dijo a Marcelina que ya no volvería a la casa y que había decidido quedarse ayudando a su mamá. Nadie preguntó.

Durante tres meses se dedicó obsesivamente a planchar, lavar y cocinar con su madre en la parcelita donde vivían. Jugaba en el patio con la alborotosa chachalaca, regaba las plantas de sábila y los árboles de limón, recogía florecitas aromáticas, hacía tortillas de maíz, asaba los chiles para la salsa de *chiltomate* y el salpicón de habanero, preparaba los exquisitos panuchos y salbutes, bordaba servilletas, limpiaba de cabo a rabo y se mantenía sumamente ocupada todo el tiempo hasta que apareció en su puerta doña Lidia Martínez de la Rocha Hernández de Ruiz.

—Tomasita, mamá quiere que vengas a hacerle compañía. No tendrás que viajar lejos. Te necesita para que pases los días con ella, para que la lleves a caminar y a la misa de la mañana. No tendrás que colocarte con nosotros si no quieres. Desde que murió Dolores se ha sentido muy sola y me rogó que viniera por ti.

Tomasita no lo pensó mucho. Ya se había recuperado del susto de México y estaba lista para hacer algo distinto, así que aceptó la oferta de trabajo y al otro día se fue a ver a Doña Isabel a su casa de Mérida.

LA MADAMA

Sueño con serpientes, con serpientes de mar,

Con cierto mar, ay, de serpientes sueño yo...

– Silvio Rodriguez

"Carmencita, Paulina ya se enteró de que Osvaldo se marchó a México para casarse con una mujer rica. La abandonó cuando más lo necesitaba", fue lo primero que me dijo Tomasa cuando entré a la casa. La madre de Paulina estaba al borde de la muerte. "Paulina juró vengarse."

Tomasa lloró, como lo hacía siempre que veía la telenovela. "Las vas a pagar Osvaldo", dijo entre sollozos. Apagó la tele y me pidió ayuda para salir de la cama en la que estaba acurrucada. Nos fuimos a la cocina. Puso sobre la mesa unas tortillas y pico de gallo con muchos jalapeños y dos cervezas frías. Me sorprendió. Nunca la había visto tomar alcohol, pero mientras abría las botellas me iba explicando que necesitaba un trago. Lo de Paulina le daba rabia. "Me tomo esta cerveza porque no tenemos tequila", me dijo sonriendo con un tanto de sarcasmo. Nos sentamos a la mesa y me contó de la vez que, de camino a la mesa de espiritismo, se le arrimó el alma en pena de una mujer joven.

—No me di cuenta que se me había pegado esa mujer y cuando llegué, la médium me preguntó por qué la había traído. Ni idea tenía que esa mujer andaba a mi lado.

—¿Y quién era?

—Pues una pobre señora toda chamuscada, buscando a su hijo.

—¿Y que hizo la madama, la ayudó?

—No, ¡y qué la iba ayudar! Le dijo que se fuera a descansar que ese niño no estaba ni en su mundo ni en el nuestro, pero que no sufría.

—¿Qué clase de respuesta es esa?

—Sí, me pareció un poco fría, cruel. La mujer se marchó lamentándose, eso dijo la madama, pero qué iba a hacer yo. No veo a los muertos. La médium sí. Ella tiene mucha experiencia. Me dio miedo pensar que la mujer me estuviera esperando afuera y que se me arrimara otra vez. Por eso les pedí a las otras que estaban en la sesión que me acompañaran hasta la casa.

Tomasa se quedó callada por unos minutos. Meditaba o más bien intentaba recordar más detalles y me empezó a contar, con mucho misterio, algo que se rumoreaba en Mérida desde que ella tenía uso de razón. A saber si el alma en pena tuvo que ver con esta otra historia.

En la madrugada de junio en la que nació Doña Lidia, la abuela de Emilia, Kukulkna[5], el dios de la voz poderosa, estaba enojado y mandó a la península de Yucatán una plaga de serpientes venenosas que emergieron de entre la tierra seca y áspera para explayarse por las veredas y los pedregales, y espetar su dolorosa ponzoña a todo lo que se moviera. La gente se encerró en sus casas y encendió cientos de velas pidiendo misericordia a la virgen de [6]Ekab y a todos los santos y vírgenes católicos y mayas, para que la libraran de tan terrible calamidad. Pero Don Miguel Martínez de la Rocha, que iba hacia Mérida desde el Puerto de Progreso, se abrió camino hacia su carreta azotando la vereda polvorienta con un sable para espantar a las rebeldes. Simón, su hombre de confianza, lo seguía con dos bultos al hombro y dando brinquitos para que las víboras no lo picaran.

Don Miguel pertenecía a una de las primeras familias criollas que se instalaron en la Isla Mujeres, poco después que el pirata y

---

[5] Dios de los cuatro elementos. El dios original de los Maya.

[6] Ixchel, diosa Maya de la luna, el amor, la fertilidad, la medicina y la felicidad.

esclavista español Fermín Anonio Mundaca y Marecheaga construyera Vista Alegre, una hacienda desde la que manejaba el tráfico de esclavos mayas entre el territorio yucateco y la isla de Cuba, profanando el santuario de Ixchel. Don Miguel nació unos meses antes de que el Emperador Maximiliano y su esposa la Emperatriz Carlota llegaran a México. Dos de las hermanas de su madre se convirtieron en damas de compañía de la Emperatriz. Sus padres eran merideños, pero los primeros años de matrimonio vivieron en Isla Mujeres, donde vendían la sal que sacaban de las lagunas cercanas. La madre de Don Miguel comenzó a desmejorar. Al parecer, detestaba vivir cerca de una persona tan poco cristiana y de tan mala espina como lo era Fermín Anonio, y eso de vivir asediada por piratas y pescadores todo el tiempo no era lo suyo. Empacó sus alhajas, sus candiles de cristal de Bohemia, sus vajillas Limoges, la platería, sus sombreros y botines, sus mantas de Manila y su medalla de la Virgen del Sagrado Corazón, la ropa y documentos importantes del señor, los motetes de su pequeño Miguelito, sus dos sirvientes y se regresaron a la casa grande de Mérida.

Don Miguel pasó los primeros años de su vida al lado de su madre y luego aprendiendo los pormenores de la administración de los bienes de la familia y educándose con preceptoras francesas que fueron enviadas por sus tías maternas desde México. A los trece años fue enviado a un internado en París para completar sus estudios. A los dieciséis ya estaba de vuelta y se encargó de los negocios. Le fascinaban las mestizas, pero terminó casándose con Doña Isabel, una mujer guapa, rubia, alta, esbelta, de ojos claros y con una impecable reputación. Además, estaba muy bien educada y era la heredera de una sólida tradición.

Dos años más tarde, la noche en que nació la niña Lidia, Don Miguel y Simón pudieron, a duras penas y luchando contra la insólita plaga de serpientes, llegar hasta la carreta en donde acomodaron los regalos envueltos en huipiles que el patrón le llevaba a su primogénita. La verdad es que él hubiera preferido un varón, pero su esposa tuvo mucha dificultad en concebir y el nacimiento de Lidia había que celebrarlo porque era saludable, con una piel color de nácar y tenía los dedos completos.

Simón miraba de vez en cuando a la enorme luna aferrada a un cielo raso extraordinario. "¡Qué noche tan rara!", comentaba, mientras acomodaba en la carreta a las niñitas que traía envueltas en huipiles multicolores. Ya casi amanecía, pero parecía media noche. Años después, recordaría esa experiencia con gran amargura.

    Llegaron a la hacienda casi a las seis de la mañana y Simón sacó de la carreta a Aruma y a Yatzil, las dos nenitas mayas. Eran los regalitos que le llevaba Don Miguel a su bebita. Dos indiecitas que acompañarían a Lidia por el resto de sus días. "Es bueno que las niñas bien crezcan con su servidumbre, pues así se crean vínculos de lealtad y amor entre ellas, que han de perdurar por toda la eternidad". Las tres chiquitas eran como hermanitas y crecieron juntas con el tácito conocimiento de que no eran iguales. Cuando Lidia cumplió los dieciséis la enviaron a un internado en México y luego a París con una tía abuela para aprender francés. [7]Yatzil y [8]Aruma se quedaron en la casa de la familia haciendo los quehaceres del hogar. Dolores se encargó de educarlas y las cuidaba como si fueran sus hijas hasta que un día cualquiera, Yatzil no llegó a la casa y Dolores le anunció a la señora que la muchacha había tenido un hijo.

    A Dolores le sorprendió un poco la reacción de indignación de Doña Isabel, porque no era la primera vez que una muchacha de servicio salía preñada de un desconocido. A Doña Isabel también le mortificó su propia respuesta a la noticia del nacimiento de ese niño. Ella llevaba siglos tejiendo y bordando ropa para bebés, para los muchos embarazos que no pudo retener ni antes ni después de Lidia. La noticia del niño la estremeció, se le metió en el alma una amargura inexplicable y durante una semana pasó horas sentada sobre el baúl donde guardaba las batitas bordadas y tejidas, llorando de rabia y de tristeza. Entonces fue a verlos.

    Llegó cuando Yatzil le daba de mamar a [9]Yunuen. Era robusto, sólido, de piel clara y una mata de cabello negro impresionante. Mamaba con los ojos cerrados y agarrándose de la teta de Yatzil con unos deditos regordetes, todos en su lugar, todos perfectos. La madre no levantó la cabeza cuando entró la señora quizás por vergüenza o por miedo. Yatzil empezó a llorar incontrolablemente, y el niño abrió los ojos. En ese momento, Doña Isabel sintió una aguda punzada en el

---

[7] Cosa amada
[8] Noche
[9] Príncipe del agua

pecho. Un puñal invisible se retorcía en su interior. Sintió el rabioso deseo de arrancarle los ojos al bebé y de estrangular con sus propias manos a la madre, pero se contuvo. Tragó fuerte y con dificultad y buscó con la mirada la conmiseración de Dolores, pero a ella también la encontró descorazonada. "¡A este niño hay que bautizarlo lo antes posible!", ordenó de repente con la voz entrecortada y echándole una última mirada a Yatzil, dijo, "¡Ven conmigo, Dolores!" y salió rápidamente de allí.

Ni una palabra habló de camino a la casa y Dolores la seguía igualmente callada, mirando los guijarros disparejos, grises y blancos del empedrado que llevaba a la residencia. Entraron. La señora se detuvo bajo el quicio de la puerta del despacho de Don Miguel. Se miraron sin hablarse hasta que él bajó la cabeza. Dolores y ella subieron las escaleras que llevaban a la segunda planta, entraron al dormitorio matrimonial y cerraron la puerta.

Pasaron varias horas antes de que Dolores saliera del cuarto y nadie nunca supo qué se habló allí. Don Miguel se marchó dando un portazo y no regresó hasta pasados tres días, cuando apareció barbudo, borracho, de mal humor y con un venado entero que había cazado. Se puso peor de los ánimos cuando encontró la puerta de su dormitorio cerrada con aldabas. Entonces Dolores lo dirigió a su nuevo aposento.

EL MISTERIO DE YATZIL Y YUNUEN

Tomasa recuerda que cuando su abuelo hacía cuentos del pasado, siempre repetía la conversación entre los hombres del pueblo el día que enterraron a Don Miguel. La viejita cambió la voz y el acento para hacer este cuento. Lo contó como si lo leyera de un libro del año de las guácaras, o como si estuviera actuando en la tarima de un teatrito de barrio.

—La muerte a veces nos toma de sorpresa y a destiempo. Mira a Don Miguel. ¿Cómo puede morirse uno así, sin son ni ton y tan joven? Tanto trabajar y ¿para qué? Para que la pelona se lo lleve a uno después de un día de labores sin bailar...sin ni siquiera haber disfrutado del último soplo de vida entre los brazos de alguien que lo quiera a uno mucho, —se lamentaba uno de ellos mientras tomaba una copita de jerez.

—Mire gallego, eso de la felicidad es un fenómeno, algo más mental que real, un estado anímico inventado para sobrevivir, una excusa para llorar a veces eufóricamente o para no llorar. La felicidad la inventamos como un aliciente para soportar el sufrimiento, porque la vida trae mucho sufrimiento y eso sí es real, —decía reflexivo Ramón, el panadero.

—Tiene razón. El sufrimiento siempre asediándolo a uno...y uno que no tiene control de nada porque lo que realmente manda en nuestras vidas es el jodido destino, la suerte, o quizás los designios de los dioses y hasta de la historia. ¡Uno no vale un carajo, Ramón! Vaya usted a saber de dónde le vino esa mala leche a Don Miguel, acabando de convertirse en abuelo por primera vez. Tan contento que estaba esperando a su nieto, o nieta mejor dicho y ni le dio tiempo de verla.

—Quién sabe lo que sucedió, pero hay quienes dicen que un solo acto...que un solo movimiento erróneo puede cambiarlo todo...puede hacer y deshacer vidas, puede crear o destruir cosas, hogares y gente. Así de quisquillosa es la vida...te sales de la línea y se echa todo a perder.

—¿Usted cree que Don Miguel se salió de la línea o hizo algo tan perverso como para merecerse una muerte así? ¿O es que a usted le parece que este suceso tiene que ver con la mentada causa y efecto que tanto investigan los filósofos y los científicos? Según ellos todo es causa y el efecto, pero si fuese así, qué tuvo que ver la pobre Doña Isabel con aquella otra desgracia, dígame usted. No tiene sentido. ¿Y que culpa tuvo el chiquito Yunuen? Ninguna, absolutamente nada tuvo que ver, ni hubo culpa alguna.

El panadero agarró el sombrero del mostrador para espantarse el calor insoportable de las tres de la tarde que el precario ventilador no lograba apaciguar. El gallego miraba pensativo hacia la calle vacía en medio de jamones y butifarras habitados por unas moscas gordas. El bochorno se les había pegado de la piel.

—¿Y se ha sabido algo de Aruma? — preguntó de súbito el gallego sin quitarle el ojo a la rambla y espantándose las impertinentes moscas de las narices con las manos.

—Nada, — respondió Ramón sin dejar de abanicarse.

Yunuen nunca entró más allá de la cocina y Yatzil no volvió a pisar el salón principal, ni el comedor, ni los dormitorios de la casa durante los seis meses que se quedaron a vivir en la quinta de los Martínez de la Rocha. Los límites se establecieron la misma tarde en que Doña Isabel vio los ojos del recién nacido y ordenó su bautismo. No pasearían más por el pueblo ni cruzarían más la puerta que les daba acceso a la casa grande.

En septiembre llegaron noticias. Lidia regresaba de París. Doña Isabel estaba impaciente. "¿Qué voy a hacer con Yatzil y Yunuen? No puedo permitir que Lidia vea a ese niño. Sagrado Corazón de Jesús, Santa Trinidad, Santa Madre de Dios, deme alguien una señal, ilumínenme porque no sé qué hacer". No había terminado de rezar cuando le anunciaron la visita de los Mendoza, unos amigos de la Habana.

La señora Mendoza le comentó a Doña Isabel que necesitaba una nana para que le ayudara con el bebé que venía en camino. —El servicio en Cuba es terrible y necesito a alguien que se dedique a atender a mi bebé. —¿Y cuándo nace? —Al parecer en noviembre, es que como soy tan diminuta de cintura, apenas se deja ver.

—Hablemos después de la cena, creo que te puedo ayudar.

La primera semana de noviembre, una cálida mañana después de los meses de lluvia Yatzil y Yunuen Chi zarparon en dirección a Cuba junto a los Mendoza. En el puerto, Dolores y Aruma dijeron adiós con un llanto interminable. Yatzil también lloraba, pero resignada. Quizás pensó que era mejor así y que ya no tendría que esconder a su chiquito de nadie y de nada, pero su hermana y la que había sido su madre desde los seis años le harían mucha falta. Pensó en la niña Lidia y le dio pena.

A Don Miguel se le había visto más de una vez cargando a Yunuen por los senderos de la hacienda, pero no se enteró de la partida de Yatzil con su pequeño hasta una semana después de que se fueran, porque andaba de cacería. Tan pronto se fueron, Doña Isabel decidió no mencionar ni a la madre ni al niño jamás y se metió de lleno en las preparaciones para recibir a Lidia. Se ocupó de la fiesta de bienvenida, las invitaciones, los arreglos florales, la contratación de un trío de músicos, el menú de la cena y de los arreglos del dormitorio. Se mantuvo atareadísima y Don Miguel apenas si se veía por la hacienda.

Dolores ayudaba a la señora y Aruma, cada día más distante y ensimismada, se dedicaba a la casa. A veces iba al mercado y se tardaba más de la cuenta, entretenida con sus amigas y con el hijo menor de Simón, que trabajaba como ayudante en el colmado del gallego y que al parecer la estaba enamorando. Pero ella nunca hablaba, ni siquiera con Dolores que se cansaba de preguntarle, —¿Y qué se trae usted con ese joven? —Pues, nada Lolita. —Pues más le vale que tenga discreción porque en este pueblo de todo se habla, no sea que le levanten alguna calumnia. —Ay Lolita no me diga esas cosas. ¿A quién le puedo importar? —No diga tonterías Aruma y acuérdese de lo que pasó con Yatzil. —Nunca lo voy a olvidar, nunca.

—¡Llegó Lidia, llegó la niña!, —anunció Aruma mientras corría hacia la puerta de la casa a recibirla seguida por Dolores y el viejo

Simón, quien había estado en la cocina comiéndose unas tortillas con frijoles y salsa pipián y se fue limpiando la boca con la manga de la camisa para no perderse el abrazo. Lidia estaba preciosa y era el vivo retrato de su madre años atrás. Después de muchos abrazos, besos y elogios, la niña preguntó por Yatzil y la señora la agarró por el brazo y se la llevó a la sala. "Ven que te lo cuento todo". Simón llevó las maletas al dormitorio y Aruma y Dolores se fueron a la cocina a preparar la merienda para la recién llegada. Don Miguel besó en la frente a su hija y se metió en el despacho a trabajar.

—¡Qué tristeza madrecita! ¿Y el padre?

—Nadie sabe... tanto que la cuidamos.

—Y papá, ¿qué dijo?

—Pues fíjate que no hay quien le mencione el tema, así que ni le preguntes porque también se sintió muy defraudado.

—Pobre papito. Y el niño ¿cómo se ve?

—Nació saludable, gracias a Dios.

Los Mendoza no volvieron a visitarlos, pero las señoras se carteaban. Pasaron casi dos años. Lidia se comprometió para casarse y Doña Isabel recibió un telegrama urgente. Dolores lo fue a buscar a la oficia del telégrafo y al regresar traía los ojos hinchados. La señora la miró y sin decir nada tomó el papel y se sentó en la butaca del salón. Lloró largamente. Después lloró aún más junto a la pobre Dolores que no se aguantaba. "Hay que ser prudentes, ni una palabra a nadie Lolita, ni siquiera a Aruma porque se muere de pena".

Desde ese día Doña Isabel ya no fue la misma. Comenzó a padecer de dolores de pecho y se quejaba constantemente de jaqueca. A Dolores se le comenzó a ver frecuentemente caminando entre la milpa. Se lamentaba amargamente y repetía, en una extraña letanía, el nombre de [10]Cecilio Chi. Al chiquito Yunuen le pusieron de apellido Chi en honor a este guerrero. A Dolores nunca se le secaron las lágrimas.

---

[10] Líder indígena Maya de la guerra de las castas.

BUENAS Y MALAS NOTICIAS

Me levanté con una resaca tremenda. Las ginebras con agua tónica me pegaron fuerte, pero aun así me fui a ver a Tomasa. La encontré metida en la cama todavía, arropada hasta el cuello. Emilia me dijo que no había dormido bien. Que había pasado la noche quejándose de dolor en el vientre y estaba tratando de conseguirle una cita con el médico, y que si el malestar continuaba y si no conseguía la cita, habría que llevarla a la sala de emergencias. Tomasa apenas abrió los ojos para saludarme cuando llegué, ni siquiera no habló. Emilia me pidió que mejor regresara el miércoles.

Me fui a visitar a mi hija Teresa y a mi nieta. Teresa había conseguido un apartamento de un dormitorio en el East Village. Lo tenía arreglado de lo más mono. Yo que toco la puerta y el padre de la niña que va saliendo. Pasó la noche con ellas. "¿No me habías dicho que habían terminado? Ese tipo no tiene futuro. Tienes que ponerte seria. Piensa en tu hija", le dije molesta y me contestó desafiante que yo no era quién para aconsejarla. Estuve a punto de agarrarla a pescozones, pero en eso salía la nena del cuarto y la fui a abrazar. Estaba preciosa mi nieta, como para comérsela. Teresa me ofreció café con la voz baja, casi dulce, como ofreciéndome una tregua. Me contó que pronto recibiría su BA de City College y que quería estudiar derecho. Me dio mucha alegría. A pesar de todo, no abandonó los estudios como hice yo, así que me tragué la lengua y no le machaqué más lo del novio irresponsable. Me preguntó por Tomasa y le conté lo que pasó en el parque el día anterior. No lo podía creer. Estuvo de acuerdo conmigo en que no le dijera nada a la viejita. Que esperara.

Regresé a casa temprano, llené la bañera de agua caliente con Epson Salt y agua de rosas y me zambullí por un segundo. Luego saqué la cabeza del agua y me eché a llorar. No sabía exactamente por qué lloraba. Creo que lloraba por todo, por mi hija, por Tomasa, por mí. Me sentí maltratada por mi hija y a la vez culpable por no ser la madre ejemplar y darle el hogar que ella hubiese querido. Mi relación con Joe había durado unos tres o cuatro años después que ella nació. Yo era su casa chica. Llegaba sin avisar una o dos veces a la semana y siempre terminaba en mi cama. Hasta que me cansé. Le exigí que llamara por teléfono antes de llegar. Lo hizo por un tiempo, pero poco a poco dejó de llamar. Sólo lo hacía cuando quería ver a la niña. Entonces me busqué un amante, luego otro y otro, hasta que conocí a Dick. Según Teresa, él la manoseaba cuando yo iba al supermercado o a otras diligencias. Me enteré años después, cuando la tuve que llevar a psicoterapia porque andaba rabiosa todo el tiempo y hasta se fugó de mi casa con una pandilla de Brooklyn. La he recuperado bastante, pero todavía me culpa de lo que le hizo el hijo de puta de Dick.

    Dos días después me llamó Emilia para decirme que habían diagnosticado a Tomasa con un cáncer de estómago y que hizo metástasis, que se iban a Mérida el sábado para que la viejita viera a sus sobrinos y sobrinos-nietos y que si todo marchaba bien, regresarían en dos semanas. Me pidió que fuera a su casa el viernes porque Tomasa quería hablar conmigo antes de irse.

    Llegué el viernes antes de las diez de la mañana y Tomasita estaba sentada en el sofá de la sala con una taza de té. –¡Por fin llegaste! ¿Dónde has estado metida todos estos días? Hazte un café, Carmencita y siéntate aquí a mi lado que tenemos que hablar. Se veía pálida y frágil pero andaba de buen humor. Emilia me explicó que era el efecto de la morfina. Le di un abrazo.

    —Antes de que se me olvide, por favor ve al parque el lunes y discúlpame con Nacho. Dile que ando de vacaciones por Mérida... No, mejor dile que fui de emergencia a Mérida, cosas de familia, y que cuando regrese nos podemos ver en el parque. No le menciones que estoy enferma, aunque ya lo debe saber porque es adivino. ¿Lo sabías, no? Esa es una de las razones por las que lo aprecio y respeto tanto.

    —Yo pensé que era porque fue su novio.

    —¡Qué novio ni qué novio! Yo solo quise a un hombre, y se llamaba Juan. Deja, que te lo cuento todo, pero antes...

    Tomasa me pidió ayuda para quitarse la cadenita con la medalla de La Virgen de Regla. La tocó y me la puso en las manos...

–Aquí tienes la Virgen de Regla que me regaló Nacho. Por favor devuélvesela cuando lo veas el lunes y dile que se la dejo prestada, hasta que lo vuelva a ver.

CUENTOS DE MÉRIDA

En la memoria

hay rastros de serpientes

jeroglíficos trazados en jardines

palabras secretas en la arena...

– Elena Garro

Antes de que yo naciera sucedieron cosas tremendas en Mérida, entre ellas la partida de Yatzil con su bebé a Cuba para nunca regresar, la muerte violenta de Don Miguel, el bisabuelo de Emilia, y la desaparición de Aruma, la hermana de Yatzil, de la que no se supo nada jamás de los jamases. Mi madre me conto algunas que se rumoraban por el pueblo, pero ya sabes, a veces son solo especulaciones y chismes y a mí nunca me ha gustado ninguno de los dos. Sin embargo, esto que te voy a contar lo hago porque tengo pruebas. No de todo, claro, pero atando y atando cabos, me parece que lo que te voy a contar es bastante certero. Esta historia también explica por qué no me casé con Juan. La vida está llena de misterios Carmencita, y solo Dios sabe por que me ha tocado a mí vivir esto o enterarme de estas cosas.

Cuando la señora Lidia, que en paz descanse, me fue a buscar para hacerle compañía a su madre, Doña Isabel, la bisabuela de Emilia, ya estaba cerca de la muerte. Se la pasaba quejumbrosa y atormentada de remordimientos. Lo único que la calmaba eran los ratos que pasábamos en la catedral rezando o haciendo la comunión y confesión, y cuando abría el armario de su cuarto para mirar y mostrarme viejas fotografías, leer viejas cartas y acariciar cotitas de un bebé que nunca llegó, o que llegó y se fue. También disfrutaba de sus bisnietos, los hijos de Lidia que fueron cuatro y de los que hoy solamente quedan dos, Margarita, la madre de Emilia y al parecer Maruja, la mayor de todos, a quien mantienen viva los sobrinos nietos en la casona de Mérida a fuerza de maquillaje, mientras llegan a un acuerdo sobre la división de bienes que quieren heredar y por lo que andan de las greñas creando intrigas y falsificando documentos. No me gusta hablar de estas cosas, pero a estas alturas no es secreto que esa pandilla de sinvergüenzas se la pasan los días elucubrando maneras de quedarse con todo lo que tiene la tía Maruja, que por cierto es muchísimo, y como nunca tuvo hijos, pues ya sabrás.

Tomasita hizo una pausa para pedirme que preparara té y un café para mí, a los que discretamente les añadió una copita de brandi que tenía Emilia en la alacena. "Para que me suelte la memoria y la lengua", me dijo mientras guiñaba el ojo. Emilia prefirió dejarnos solas por un rato porque noto que cada vez que se acercaba para escuchar los relatos de Tomasa, esta cambiaba el tema o se quedaba callada. Y como para un buen entendedor, pocas palabras bastan, Emilia prefirió ocuparse de otras cosas relacionadas al inminente viaje.

Ninguno de los hijos de la señora Margarita, que yo sepa, conoce bien esta historia, pues siempre se le ocultó a la abuela Lidia y por consiguiente a ella y sus cuatro hijos. Marianela, le hermana menor de Emilia es más curiosa y se la pasa indagando, pero nunca me ha preguntado a mí, quizás porque cree que no estoy al tanto de esa historia, o quizás porque le da vergüenza preguntarme...quién sabe por qué, pero a mí no se me haría fácil contarles tampoco. Estos niños son como mis hijos y la señora Margarita, que por cierto tiene la misma edad que yo, ha sido siempre muy buena conmigo y no quiero desacreditar la memoria de sus antepasados, así que esto se queda entre nosotras.

A ver por dónde sigo, dijo tomando un sorbito del té con brandi, y arranco por ahí. Yo la escuchaba en silencio. Un domingo después de la misa, salíamos de la catedral Doña Isabel, Marujita y yo, y nos topamos con un hombre vestido muy elegante de lino blanco y sombrero que iba entrando al templo. Parecía forastero, turista, aunque tenía algo familiar. Era guapo. Tenía la piel bronceada, casi como la mía, el cabello negro azabache, era alto y robusto, y tenía unos ojos azul claro como el mismo cielo de Mérida. Tendría algunos años más que yo, pero era solo un par de años mayor que Maruja. Nos dimos de frente con el, quien muy caballerosamente se quitó el sombrero y nos saludó con un "buenos días" con acento español y una bella sonrisa. Nos saludó a todas, pero terminó mirándome a mí coquetamente. Yo bajé la cabeza porque era muy tímida y me dio vergüenza, pero sentí un cosquilleo en el pecho que me asustó. Por su lado Maruja, quien estaba casi quedándose para vestir santos hacía rato, y quien obviamente quedó impresionada con el extranjero, también se percató de que él me estaba poniendo más atención a mí y se mostró disgustada. Por otro lado, doña Isabel reaccionó de una manera muy particular. Se quedó mirándolo como si lo conociera y comenzó a temblar, y a pedir que regresáramos lo antes posible a la casa.

Al llegar a su aposento se echó a llorar y a pedir perdón a la virgen y al mismo Dios. "¿Quién era ese joven que vimos, Tomasa? ¿Lo conoces?", me preguntó obstinada, a lo que le contesté la verdad. Nunca lo había visto, de eso estaba absolutamente segura. Quien podría olvidar un hombre tan atractivo. Nadie, me dije en mis adentros. Doña Isabel sacó un fajo de cartas del armario y me pidió que me las llevara y las quemara, pero antes me invitó a que rezara con ella un "Ave María". Luego se acostó más tranquila, y nunca más despertó.

Aunque lo parezca, yo no soy ninguna santa Carmencita, y la curiosidad fue más fuerte que yo, así que antes de quemar las cartas, las leí. La mayoría venían de México, de sus primas y parientes de allá y de Lidia cuando estudiaba en el Distrito Federal. Pero encontré dos cartas y un telegrama de Cuba que relataban la suerte de la pobre Yatzil y Yunuen Chi, su bebé. Las cartas las envió la señora Mendoza. En la primera daba las gracias por prestarle a Yatzil… ¿que barbaridad no? a Yatzil. Que el niño estaba creciendo al vuelo y que ella poco a poco se acostumbraba a la vida cubana, aunque a veces extrañaba a su hermana Aruma y a Dolores. Pero que ni se preocupara. Que todo iba muy bien y que ojalá pudiera visitar pronto. Una carta de amiga, muy simple pero llena de detalles cotidianos…que si sus hijos estaban creciendo fuertes y hermosos, que si celebraría su aniversario en el Club deportivo, que si Yatzil era gran cocinera y niñera y así, nada del otro mundo. Los tres escritos estaban en el orden en que los recibió. Primero esta carta, luego el telegrama, y por último un corto mensaje que debe haber catapultado la culpa y la pena en el corazón de Doña Isabel y Dolores, y la tristeza y sed de venganza en el alma de Aruma.

—¿De venganza? Ay, por favor Tomasita, eso suena a telenovela. Ve al grano. ¿Qué decía el dichoso telegrama y la carta?, pregunté ansiosa.

—Pues a eso voy, cógelo con *take it easy*, como dices tú, —me respondió sarcástica. En ese momento entró Emilia al cuarto a pedirme ayuda con unas maletas y Tomasita aprovechó para tomarse una siesta, pues estaba agotada de tanto hablar.

Me fui a la cocina con Emilia y nos tomamos un "Cuba libre" mientras se cocinaba un arroz con ajo y preparábamos un pico de gallo para acompañarlo. Encendimos un cigarrillo cada una y nos sentamos en la sala a fumar mirando hacia el patio a través de las grandes ventanas. El día estaba soleado y bonito.

—Tomasita te adora Carmen, te tiene mucha confianza. Nunca la había visto tan entusiasmada haciendo cuentos. Aunque parezca producto de la fantasía, muchos de esos cuentos están basados en sucesos reales. Así lo pensaba mi abuela Lidia, que se fue enterando poco a poco, pero quien también vivía en un mundito de negación y rechazo a todo lo que comprometiera la dignidad de su familia y su clase privilegiada. Tomasita cree que nosotros no sabemos nada de lo que sucedió con el bisabuelo Miguel, con Yatzil o con Aruma. Pero a través de los años, lo que sucedió se convirtió en leyenda popular y nosotros nos fuimos enterando y asumiendo la información como tal, aunque nunca pudimos atar todos los cabos.

—Emilia, creo que es eso lo que quiere hacer Tomasa...atar los cabos antes de irse a Mérida. La verdad es que estoy súper curiosa. Tomasa confía en mí porque necesita depurarse de esas memorias, porque quiere solucionar un enigma y confirmar que lo que vivió y lo que sintió fue real, no trucos de la imaginación. Además, es muy espiritual y al parecer se le están apareciendo su madre y Juan en los sueños. Juan, el amor de su vida.

—Sí, el muy querido Juan. Nunca lo conocí, pero al parecer Tomasita lo quiso mucho, aunque mi tía Maruja lo odiaba tanto como a Tomasa. Dicen que él se enamoró de mi nana el primer día que la vio en la catedral, y que mi tía no lo pudo soportar. No sé si te dije antes, pero ella nunca fue muy agradable ni atractiva. De joven era muy engreída y tenía mal genio. Nunca quiso a Tomasita. Pero cuando por fin se casó con un millonario norteamericano, le pidió a Tomasa que los acompañara a Chapaqua donde tenía una mansión, para que la ayudara. Mi tío era un tipo de buen corazón y trataba a Tomasita con mucho respeto y aprecio y eso a mí tía la reventaba. Según dicen, un día de buenas a primeras empujó a Tomasita por la escalera, lo que le costó días en cama con un tobillo roto y la espalda llena de machucones. Tomasita nunca la acusó de nada. Dijo que simplemente se tropezó. Pero todos, incluyendo el tío, sabían lo maluca que era la tía. Él se esforzó mucho para proteger a mi nana, pero tan pronto Tomasa pudo caminar, se regresó a Mérida.

Sin embargo, no todo le fue mal en Nueva York. Allí conoció gente que la invitaba a pasear los fines de semana, a bailar, al teatro y a visitar Manhattan de vez en cuando, por eso cuando Tomasita regresó a Mérida, llegó más sofisticada aun de lo que era. Pero ya, después del supuesto accidente en la escalera, no quiso quedarse más y volvió con mi madre para luego irse a Cuba.

Mi tía Maruja todavía vive o al menos parece estar viva, allá en Mérida. Mis primos andan peleándose por la herencia y la maquillan y visten con cuantas joyas encuentran, y la exhiben por la ciudad como si estuviera viva, pero ella parece una momia. A veces un lado de la familia se la roba y la encierra para que el otro lado no la pueda encontrar y no la hagan firmar documentos legales. Se han llevado toda su colección de arte y le han arrancado hasta los picaportes a las puertas, dejando la casona de Mérida toda destartalada, como si hubiera explotado una bomba en ella. Esa casona era hermosa. Yo recuerdo que tenía un cenote en el jardín, en el que vivía un cocodrilo llamado Cirilo. Era enorme Cirilo, y comía pedazos de carne que le servían los empleados con unos palos largos desde un lugar seguro, encaramado en los árboles. Aquello era surrealista totalmente. Nosotros de chicos nos divertíamos viendo a través de las ventanas al servicio esmerado tratando de alimentar a Cirilo sin que él se los tragara a ellos. Pura locura.

Mi madre se casó antes que la tía Maruja y se fue a vivir a la ciudad de México. Su esposo murió súbitamente a penas al año de casados. Mi madre se quedó a vivir con unos parientes y conoció a mi papá, un arquitecto cubano que estudiaba en México. Se casaron y se fueron a Mérida por un tiempo hasta que decidieron irse a Cuba. Tomasita se fue con ellos para atender a mi madre y ahí nacimos todos nosotros, cinco en total. Desde entonces ha vivido con nuestra familia. La verdad es que nos crio a todos como si fuera nuestra madre. Allá por los años sesenta, después de la revolución, nos mudamos a Estados Unidos, primero a Virginia y luego a New York y Tomasita con nosotros siempre. Ella y mamá tienen la misma edad y ahora que están viejitas parecen hermanas, aunque Tomasita siempre le dice señora. Siempre están compitiendo por nuestra atención y nuestro amor, y para probar quién es la mejor madre. Aún así, hasta duermen juntas a veces. Cuando Tomasita se queda aquí, como has notado, duerme conmigo. Sigue siendo mi nana y con ella me siento segura. Te confieso Carmen, que a veces siento que la quiero más que a mi propia madre. No sé qué hubiese sido de nosotros sin ella.

El médico dijo que no queda mucho por hacer. Tiene cáncer en el estómago y ochenta y cinco años de edad. Ella sabe que la muerte está cerca y quiere cerrar el círculo. Ojala pueda terminar de contarte todo hoy, pues no sé si regrese de Mérida. Está frágil, pero quiere ver su tierra y allá, entre sus sobrinos y sobrinos nietos le tienen organizado un festejo tremendo. Eso la va a alegrar en cantidad.

ATANDO CABOS

     Emilia se fue a comprar unas cosas para la reunión de despedida que tenía planeada con su familia esa noche y yo me recosté un ratito en el sofá de la sala. Hacía frío, por lo que me acurruqué con el reboso de Tomasa y soñé despierta. En mi duermevela me vi caminando con mi hija, mi nieta y Joe por las veredas de Prospect Park. Era una tarde luminosa como de verano y nos sentíamos alegres. Yo cargaba un canasto con frutas, panes y flores blancas. Nos acercábamos al lago y allí estaba Tomasa abrazada a Nacho, inmóviles ambos, como una estatua. De repente sopló el viento fuertemente y me arrancó el reboso del cuerpo, llevándolo de prisa hasta el agua. La estatua siguió tiesa, pero yo trataba de alertarles para que agarraran el reboso. Entonces escuché una voz ronca que me decía que lo dejara, que ya era tiempo que se marchara. Así mismo, en esas palabras. La voz era fuerte e insistía en que lo dejara ir y entonces oí cómo alguien sollozaba desde muy dentro de mí.

     Desperté alarmada sintiendo la mirada de Tomasa quien creí estaba sentada en el sillón frente a mí, observándome y hablándome bajito para que me calmara. Pero no, no estaba ahí, así que me incorporé rápidamente y fui a chequearla en el dormitorio. Le toqué la frente y el pulso y me percaté, con alivio, de que estaba viva. Unos minutos después me llamó mi hija para darme buenas noticias. Fue aceptada en la escuela de leyes y el padre de mi nieta consiguió trabajo con el departamento de transporte de la ciudad. "Ya pronto nos casaremos," me dijo contenta. De tanta alegría rompí a llorar, y despertó Tomasa. Esta noche celebramos, le prometí a mi hija y la felicité con mucho entusiasmo. Sentí un orgullo tan grande que seguí llorando y riéndome sin parar.

     —Estás como loca, —arremetió Tomasa

—¿Qué te pasa?, preguntó curiosa y contagiada con mi alegría.

—Nada, nada, que mi hija será feliz y yo estoy muy conmovida.

—Ay, pues que mucho me alegro Carmencita, me dijo apretándome el brazo y retomó la conversación de antes de la siesta.

Estimada Doña Isabel de Martínez de la Rocha, con profunda pena le comunico que Yatzil pereció en un incendio en nuestra hacienda el 20 de julio del presente año 1908. El niño Yunuen Chi está a salvo bajo nuestra tutela. Pronto recibirá correspondencia con los pormenores del fatal evento. Nuestro más sentido pésame. Queda de usted atentamente, Sra. Consuelo de Mendoza. Algo así fue lo que leí en el telegrama. Casi me lo aprendí de memoria. Lo guardé por muchos años, pero ahora ya no lo encuentro. La última carta que recibió la señora Isabel llegó poco tiempo después. En ella explicaba que unos amigos de Galicia ofrecieron encargarse de Yunuen y se lo llevaron adoptado a España. Según Doña Consuelo, la familia González se encariñó con el niño, y prometió cuidarlo y criarlo como suyo. Ese fue el destino del chiquito de Yatzil. Dolores se enteró, pues ella fue la que recibió el telegrama, pero a saber si hablaron más de eso.

—Mira Carmencita, cuando fui a cuidar a Doña Isabel, Dolores ya había muerto, ya había pasado tiempo desde ese infortunio, pero la señora todavía lo lamentaba en silencio. Poco más de un año después de la muerte de Yatzil, falleció Don Miguel de manera misteriosa, aunque en la esquela mortuoria decían que murió de un paro cardíaco. Se comentaba en el pueblo que lo encontraron en la hamaca de su despacho con un puñal en el corazón y los pantalones enroscados en las rodillas. Dicen que tenía los ojos abiertos y la imagen de una serpiente coralillo plasmada en sus ojos de mar. Igualmente misteriosa fue la desaparición de Aruma, a quien no se le volvió a ver jamás de los jamases, ni en la ciudad de Mérida ni en los pueblos aledaños, aunque hay gente que asegura que la vio con el cuerpo ensangrentado lanzándose al Cenote Sagrado en Chichén Itzá en puro acto de sacrificio el día después de la muerte de Don Miguel. A saber, cómo se las arregló para llegar hasta allá. Pero ya sabes, esos son rumores porque así es la gente, aunque vale aclarar que es de todos conocido que cuando un arqueólogo de México drenaba el Cenote Sagrado, encontró los huesos de personas que, al parecer, fueron sacrificadas. Vaya usted a saber si ella fue una de esas pobres gentes.

BUEN VIAJE ITZANAMI

Uno vuelve siempre a los viejos sitios

donde amó la vida...

– Mercedes Sosa

El mismo año en que lo conocí, por allá por los años treinta fui elegida la reina de las fiestas de Mérida. Imagínate lo contenta que estaba mi familia y mis patrones. Yo no me aguantaba con tanto elogio. Mi madre y mis tías se echaron casi seis meses en hacer mi Terno. Los ruedos del jubón, el huipil y el fustán fueron bordados en punta de cruz, con flores rojas, amarillas y rosadas, y con detalles en verde y azul sobre algodón blanco. Mi reboso era color rosa, bordado con cintas de ceda del mismo color. Mi largo cabello fue enrollado en un moño apretadito en la nuca y adornado por frescas flores amarillas y rosadas. Mi madre me presto su rosario, aretes y pulseras de filigrana y coral, tal como es la tradición. Más que reina, me sentía como una novia. Estaba feliz.

Juan hizo amistad con mis hermanos y me estaba cortejando. Yo me fui enamorando, pero ese día del carnaval, cada vez que se me acercaba, Marujita interrumpía la conversación y acaparaba su atención. Yo por orgullosa me alejaba con mis amigas y lo dejaba solo con ella, pero él seguía tras de mí y de mi familia. Juan me pidió que bailáramos y mientras lo hacíamos me dijo que quería casarse conmigo. Yo no supe cómo reaccionar, pero le dije que necesitaba tiempo y que tenía que consultar con mi familia. Con todo y el nerviosismo me fui con él a un callejón y bueno, nos amamos. No puedo decirte más porque todo esto me revuelca el alma. Lo quise como se quiere la gente de carne y hueso. No me pidas detalles Carmencita, por favor. Evítame la vergüenza. Llevo toda una vida ocultando ese desvío mío, esa debilidad mía, y a estas alturas no tengo fuerzas para entrar en discusiones sobre el asunto. Eso sí Carmen, es lo mejor que me sucedió en toda me vida. No nada más lo físico, que fue sorprendentemente abrumador, pero los sentimientos. Sí, esos que te llevan a un lugar más cerca del cielo que una misa o una confesión, esa decisión, aunque fuese una sola vez en toda una vida, de romper todas las reglas.

Yo me quedé muda al escuchar las intimidades de Tomasa. Quise felicitarla y abrazarla por su valentía de contarme tal experiencia, pero no quise hacerle más preguntas sobre lo que pasó con Juan por miedo de hacerla sentir incómoda.

—Cuando Juan me ofreció matrimonio me puse nerviosa, quizás de alegría o quizás de miedo, aunque en el fondo me sentía halagada y triunfante. Maruja me seguía rabiosa con los ojos y yo traté de ignorarla toda la noche. Tuve la sensación de que nos había visto en el callejón. Al día siguiente no fui al centro. Me quedé en casa con mi familia, pero no les dije nada de Juan, pues la misma noche del Carnaval soñé con la mujer chamusqueada que me siguió cuando fui a ver a la espiritista unos años atrás. Me dio la rara corazonada de que Juan tenía algo que ver con ella.

Ayudé a Tomasa a caminar hasta la sala para que disfrutara de la lluvia que se acababa de desatar. Ya pronto llegaba el otoño, pero a veces el verano se extiende hasta fines de octubre. Estábamos a mediados de septiembre y llovía como siempre que la temporada está cambiando, fuerte y copiosamente, pero ese día con el sol brillando como cuando se casan las brujas. Ella se sentó en silencio en la butaca frente a la ventana y miraba placentera las gotas resplandecientes que caían lentamente como el tiempo pasado, el que ella ahora recordaba con tantos detalles. Es interesante cómo los viejitos recuerdan cosas de hace siglos, pero no lo que sucedió ayer. La lluvia le recordó su viaje a México, más de siete décadas atrás. El agua que caía le recordaba la garúa por el pico de Orizaba y la tranquilidad y la nostalgia que le causaba esa precipitación. Le preparé un té de manzanilla y un puré de papa aguadito, porque ella casi no podía comer. Desde que la llevaron de emergencia al hospital y la diagnosticaron con un cáncer terminal, ya no pudo comer más. Solo calditos, té y un poquito de brandy de vez en cuando, porque ya nada importaba mucho. Se iba a morir.

La cubrí con su reboso y me senté a su lado a ver la borrasca. La nostalgia de Tomasa era contagiosa. El sueño de mi duermevela me vino a la memoria y sentí ganas de llorar por Joe, por mí. Lo quise mucho y tuve rabia por veinte años. Rabia porque no le pedí que dejara a su mujer para casarse conmigo... Rabia y dolor porque lo quise, a pesar de todo. Yo era joven todavía, apenas tenía cuarenta y dos años y no hasta ese momento sentí la necesidad urgente de enterrar mi pasado y seguir viviendo con más sentido. Sentada mirando la lluvia caer en un día tan claro, claro afuera y claro dentro de mí resolví cambiarlo todo. Ahí al lado de Tomasita, escuchando su respiración lenta y cansada decidí completar mis estudios, quererme más, buscarme un trabajo que pague mejor, y viajar por todo el mundo, sola o acompañada. También me di permiso para amar de verdad otra vez, con toda mi alma, cuerpo y razón. Hubo un corto silencio, Tomasita continuo con sus recuerdos.

—Si tengo algo de qué arrepentirme en la vida es no haber aceptado la oferta de Juan a tiempo. Unos días después de la fiesta de carnaval mi hermano me trajo una carta de su parte en la que otra vez me declaraba que quería casarse conmigo, pero que tenía que regresar a España y que volvería en unos meses. *Esperame Itzanami, te amo. Tengo que hacer arreglos de negocios y lidiar con asuntos de familia, pero aquí regresaré para que nos casemos y ser felices siempre.* Algo así decía la misiva. Una pena que la rompí en pedazos, sino te la mostraría ahorita. Lloré de la emoción y la alegría y se la mostré a mi madre. Ella se alegró igual, pero me aconsejó que esperara y que no comentara la carta con nadie. Yo me dediqué a contar los días que faltaban para su regreso y a imaginarme mi vestido de bodas, la fiesta, la casita en la que íbamos a vivir y mucha bobería. También volví a soñar, ahora con más frecuencia, con la mujer chamusqueada.

En un descuido le conté todo a la niña Margarita, que por esos días se casó con su primer esposo y estaba de camino a México de nuevo. Ella, sin querer, se lo mencionó a doña Maruja quien, de la rabia, aceptó un noviazgo con el señor George. Juan todavía no regresaba y yo no sabía nada de él. Luego, mucho tiempo después, me enteré de que me envió cartas explicando por qué se había retrasado, pero las dichosas cartas nunca me llegaron y pensé que me había olvidado. Cuando regresó a buscarme casi un año después, ya me había ido con el corazón hecho pedazos, a vivir con doña Maruja a Chapaqua, y nadie me avisó que Juan había vuelto, porque en mi casa estaban muy resentidos con él y le prohibieron contundentemente que me contactara. Ya de vuelta en Mérida, doña Lidia me entregó una carta que recibió apenas unos días después de que yo partiera con doña Maruja a Chapaqua. En la carta Juan me reclamaba el no haber respondido a sus cartas y anunciaba el día de su llegada. Al parecer, él me había enviado cartas anteriormente a la dirección de doña Lidia, porque yo trabajaba allí y quizás pensó que vivía con la familia, qué se yo. La cuestión es que yo nunca las recibí.

Sabes Carmencita, doña Maruja ha sido una mujer muy mala, una bruja y no dudo que ella interceptó las cartas, y que me invitó a Chapaqua para que él no me encontrara a su regreso. Si no era para ella, tampoco para mí. Por eso Dios la castigó Carmen. Por eso nunca pudo concebir y ahora la tratan como una muñeca de trapo sus propios sobrinos.

Tomasita se puso a llorar con rabia mientras me contaba esto. Fue la primera vez que la escuché hablar así sobre alguien de la familia, pues siempre fue muy propia, discreta y recatada. Entendí en ese momento por qué se identificaba tanto con la novela de Paulina. Su vida fue una telenovela.

Se enjugó las lágrimas y continuó con su diatriba. Carmen, yo quedé descorazonada y me enfermé de amor. Pasé semanas en cama en la casa de mis padres hasta que pude recuperarme un poco y resignarme a perder a Juan. Ya sintiéndome mejor me fui a la catedral con mi madre. Saliendo de ella nos encontramos con Juan. Creí que me desmayaba de la sorpresa cuando se acercó a saludar. Mi madre no evitó que habláramos, pero me agarró fuertemente del brazo. "¿Cómo estás Itzanami?", me preguntó con una mirada triste. Yo no tuve el valor de decir mucho y simplemente respondí "Bien, gracias". Entonces él se despidió cortésmente y siguió su camino. No lo volví a ver más. Unos dicen que se regresó a España y que murió luchando por la republica durante la guerra civil. Otros que se fue a Petén y se casó con una muchacha lo más buena.

—¿Pero, por qué no le explicaste lo que pasó?, —pregunté alarmada. —No supe cómo abordar el tema y sentí que ya era muy tarde, Carmencita, y yo era muy idiota y orgullosa. Pero escucha esto, la carta que me entregó la señora Lidia estaba firmada con el nombre y las iniciales de Juan, y se me quedaron grabados en la memoria. Su nombre era Juan C. González.

—¿Y eso que tiene que ver con nada? Quizás se llamaba Juan Carlos.

—¿Es que no te das cuenta? Piensa Carmencita, piensa por favor, ata los cabos. ¿Por qué crees que se me ha presentado la chamusqueada? ¿Por qué crees que Juan aparece en mis sueños? Es muy posible y estoy casi segura de que la C era de Chi.

—¿O sea, que Juan era el hijo de Yatzil y tío de la Maruja?, pregunté incrédula.

En ese momento se puso la mano en el estómago y quejándose del dolor no quiso seguir la conversación y me pidió que la llevara a la cama. Le di la pastilla que le recetó el médico para tranquilizarla y aliviarle el dolor, y entre quejas y lamentos me confesó que tenía miedo de morir porque se enfrentaría a Juan y a Yatzil, y con todos los muertos a los que no le hizo caso en vida. Antes de quedarse dormida me dijo, *Juan me llamaba* [11]*Itz anami*.

Le froté un poco de agua florida en el pecho, las manos y los pies, encendí una vela a la Guadalupe que Tomasa tenía en la coqueta y recé al universo por su alma y para que su encuentro con Juan, Yatzil, Nacho y su familia fuese uno feliz. Me quedé a su lado hasta que llegó Emilia, y entonces le di un beso en la frente y le dije adiós... ¡Buen viaje Itzanami!

---

[11] Novia de un brujo de agua

Fin

Made in the USA
Monee, IL
28 August 2020